海と毒薬

遠藤周作

目次

遠藤周作『海と毒薬』——あらすじ

中村　明

「私」が気になる町医者に出会うところから物語は始まる。蒼黒《あおぐろ》くむくんだ顔をし、無愛想《あいそう》で言葉に訛《なま》りのある中年男だ。近所のスタンドの主人の話では、腕は確かで、勘定《かんじょう》もやかましく言わないという。妻に急《せ》かされて診察を受けてみると、気胸針《ききょうばり》を胸に突き刺す技術など、熟練した結核医のみごとさだ。が、肋骨《ろっこつ》をさぐるたびに触れる太い指の金属的な感じには、患者の生命本能を怯《おび》えさす不気味さがある。妻の妹の結婚披露宴《ひろうえん》に出た折、隣に座った新郎の従兄《いとこ》が、問題の勝呂《すぐろ》医師と同じ医学部の出身で、彼が戦争中の生体解剖事件に関係していたことを知る。物語はここで一転、その当時にさかのぼる。

病院で死ななくても空襲で死ぬ、みんな死んでいく世の中で、助からないとわかっている患者に貴重な薬を使うのは無駄だという風潮があり、特に施療患者《せりようかんじゃ》は無視される。そんなときに大学の大杉医学部長が脳溢血《のういっけつ》で倒れて死去。その椅子《いす》をめぐって後継争いが起こる。経歴から最有力と見られている橋本第一外科部長も、権藤第二外科部長が軍部に通じているとの噂《うわさ》に焦《あせ》りを隠せない。大杉の親類である田部夫人の手術の時期を早めたのも、部長選挙前の点数稼《かせ》ぎという見方がもっぱらだ。が、これが裏目に出て、手術中に死なせてしまう。そして、浅井助手も大場看護婦長も、医局の研究生である戸田や勝呂も、その手術に立ち合った全員で「後始末」が始まる。縫《ぬ》い合わせて全身を包帯で包み、病室に運んでリンゲルを注射し、術後の手当てをすべて施《ほどこ》す。家族には、手術は無事に終わったが今晩が山だと告げて面会謝絶にする。オペ中に患者が死ねば執刀医橋本教授の全責任になるが、術後に死んだことにすれば選挙運動のときにも弁解の余地が残るのだ。

間もなく、柴田助教授に呼び出された勝呂は、アメリカの捕虜《ほりょ》を生体解剖《せいたいかいぼう》するのに参加を求められる。実験の目的は、血液代わりに注入可能な塩水の量、血管に注入して死亡するまでの空気量、肺を切除して死ぬまでの気管支断端の限界を調査することにある。無差別爆撃をした連中で、軍でも銃殺ときまっている、エーテルで眠っている間に死ぬだけましではないかと誘われ、断れなくなる。神はあるか？　自分を押し流す運命から人間を自由にするものを神と呼ぶのなら。

「裁かれる人々」として看護婦の上田ノブと医局生の戸田の文章が続く。それぞれの過去と、その実験に参加するに至った心境を記した手記だ。わが子を亡くし夫にも捨てられた女が、聖女面《せいじょづら》して献身的にふるまう橋本夫人ヒルダに抱く生理的な憎悪《ぞうお》。人間を生きたまま解剖したら、はたして良心の呵責《かしゃく》に苦しむだろうか。恐怖を感じたとしても、罪の意識はないだろう。男と女のそんな内面が綴《つづ》られる。

そして、当日の実況に移る。実験は終わった。共犯者意識を利用して事件の漏《も》れるのを防ぐ浅井。心を引き裂くような後悔の念を求める戸田。そこにいて何もしなかった勝呂は屋上から闇《やみ》に光る海を見つめながら、人はいつまでも同じなのかと、一人何かを探した。

第一章　海と毒薬

八月、ひどく暑いさかりに、この西松原住宅地に引越した。住宅地といっても土地会社が勝手にきめただけで、新宿から電車で一時間もかかる所だから家かずはまだ少ない。駅の前を国道が一本、まっすぐに伸びている。陽《ひ》がカッと路に照りつけている。どこから来るのか知らないが砂利をつんだトラックがよく通る。トラックの上には手拭を首にまいた若い人夫が流行歌を歌っている。

泣いちゃ巻けない出船のいかり……
さすが男よ、笑顔で巻いて

そのたびに黄色い埃《ほこり》が濛々《もうもう》とまき上り、埃がおさまると道の両側から幾軒かの店がゆっくりと浮び上ってくる。右側には煙草屋と肉屋と薬屋とが、左側にはソバ屋とガソリン・スタンドとが並んでいるのだ。そうだ。それから洋服屋もあることを言い忘れていた。洋服屋は、ガソリン・スタンドから五十メートルほど離れた地点にひとつだけポッンと建っているのだが、なぜこんな辺鄙《へんぴ》な所をえらんだのかわからない。

トラックがまき上げる埃のために、紳士服御用と書いたペンキも、ショオウィンドオの硝子《ガラス》もすっかり白っぽい。ショオウィンドオの中には肉色の人形の上半身がおいてある。あやしげな衛生博覧会などによく陳列してある白人の男子人形だ。頭が赤く塗ってあるのは金髪のつもりであろう。高い鼻と碧《あお》い色の眼をもったその人形は一日中、謎《なぞ》のような微笑をうかべている。

私が引越した月はひどく雨の降らない日が続いた。ソバ屋とガソリン・スタンドをつなぐ畠はすっかり罅割《ひびわ》れて、水気を失った玉蜀黍《とうもろこし》の根の間でキリギリスが乾いたくるしそうな声で喘《あえ》いでいた。

「こう暑くっちゃ、お風呂にはいりたいけれども」と妻が言った。「お風呂屋も随分、遠いのねえ」

風呂屋は国道を駅の反対側に逆もどりして三百メートルほど歩いた所にあるそうである。

「風呂屋も風呂屋だが、医者はいないかね。俺も毎週一回は気胸《ききょう》を入れねばならんし——

——」

翌日、妻が医院をみつけて来た。風呂屋のすぐ近くに内科と書いた保険医の看板が出ているのを見たと言う。昨年、会社の集団検診で私は左肺の上葉に豆粒大の空洞《くうどう》を発見されたのだ。幸い肋膜《ろくまく》が癒着していなかったので肋骨を切らずにすんだが、ここに来る前に住んでいた経堂《きょうどう》の医者から半年の間気胸療法を受けていた。だから引越しをすれば、すぐ代りの医者を見つける必要があった。

妻に教えられた道をさがして、その勝呂《すぐろ》という医院をたずねてみた。夏の西陽が風呂屋の窓硝子に反射して、近所の百姓たちの家族が入浴に来ているのだろうか、湯をながす音、桶《おけ》をおく音がかすかに聞えてきた。それはひどく倖《しあわ》せな音のように私には思われた。医院は風呂屋の裏側に赤く熟《う》れたトマト畠をはさんで、すぐわかった。

医院といっても公庫で建てたような小さなモルタル作りの家である。垣根らしい垣根もなく、陽に焼けただれた褐色の灌木《かんぼく》をトマト畠との境いにしている。まだ夕暮なのになぜか雨戸をしめきっていた。庭にはよごれた子供の赤い長靴が一足、落ちていた。あわれな犬小屋が入口にあったが、犬はいなかった。呼鈴を幾度も押したが誰も出てこない。私は庭にまわった。雨戸を少しあけて、白い診察着を着た男が顔をだした。

「だれ？」

「患者ですが」

「どうしたの」

「気胸をうって頂きたいと思いまして」

「気胸？」

医者は四十位だろうか老《ふ》けた感じのする男だった。あごを右手でしきりにさすりながら、彼は私をぼんやりと凝視《ぎょうし》していた。西陽をこちらは背にうけているためか、雨戸をしめきった部屋はひどく暗く、その暗い影のなかでこの男は妙に蒼黒《あおぐろ》くむくんで見える。

「今まで医者に見てもらったのかね」

「はあ。半年ほど空気を入れてもらいました」

「レントゲンは?」

「家においてきましたが」

「レントゲンがなかとなら仕方がない」

医者は、そう言ったきり、また雨戸をしめきってしまった。私はしばらくジッとそこに、たっていたが、家のなかからはかすかな物音も聞えなかった。

「変な医者だね」と私はその夜、妻に話した。「あれは変な医者だよ」

「患者を選ぶんでしょう」

「そうかも知れんな。それに言葉に妙な訛《なま》りがある。レントゲンがなかとなら——か。東京に長くいた人じゃないね。どこか地方から来た医者だ」

「とにかく気胸をいい日に入れて九州へ行って下さいよ。妹の式も九月に迫っているんですから」

「うん」

けれども私はその翌日も翌々日も勝呂医院の所には行かなかった。左肺の空気は少しずつ減ってきて、段々、息ぐるしくなってきたが、あの医者から針をさされるのがなぜか不安なような気がしてきたからだ。

気胸は普通、胸の側面に畳針ほどの太さの針を入れる。針にはゴムのチューブがつけてあって、そこを通る空気が胸に送られて、空洞を少しずつ潰《つぶ》すというのがこの療法なのだ。私にとってこの治療がイヤなのは針を入れられることではなく、その場所が脇の下だということだった。脇の下は平生、腕で防ぎかくしている部分である。腕をあげて気胸針のさされるのを待つ時、私はなぜか、胸の側面にヒヤリとした冷気を感じてしまう。その冷気にはたしかに腕をあげることによって防ぎようのない状態に身をおかねばならぬ不安がまじっているようである。

かよいなれた医者にさえ、針をさされるのがイヤだから新しい医者にたいしては尚更、心もとなかった。下手《へた》な人にかかると自然気胸という突発事を起す時がある。自然気胸を起すと患者は窒息するのだ。私は雨戸から首をだした勝呂医師の何処《どこ》か蒼黒いむくんだ顔や、暗い陰気な部屋の翳《かげ》を思いだし、なんだか行く気がしなくなったものである。

とはいえ、いつまでも我儘《わがまま》を言ってはいられない。私の義妹の結婚式が半か月後、九州のF市であるので、妊娠している妻の代りに出かけねばならなかった。妻は両親のない義妹のたった一人の身寄りなのである。

レントゲン写真を持って行こう、行こうと考えているうちに二、三日たった。

その二、三日後、私ははじめて、ここの風呂屋に行った。土曜日だったから私は午後二時頃、会社から家に戻ってきた。路でトラックに追いこされ白い埃を頭からかぶったのである。

時間が早いせいか湯ぶねのフチに狐《きつね》のような顔をした男が両手を靠《もた》らせて顎《あご》をその上にのせていた。こちらをしばらく見つめていたが、声をかけてきた。

「風呂は今頃がいいやねえ」

「え?」

「風呂は今頃がいいやね。遅くなるとこの辺の百姓の子が湯を汚すからなあ。あいつ等は湯の中で小便をするから、かなわねえ」

私は隅の方で体をかくすようにして細い腕とうすい胸とを洗いながら、この男が駅に近いガソリン・スタンドの主人《マスター》であるのに気がついた。いつもは腰の所にバンドのある白い作業服を着てホースなどを持っているから、私にはわからなかったのである。女風呂のほうで子供の泣く声がきこえた。

彼は大きな音をたてて湯槽《ゆぶね》から上った。壁鏡に彼の狐のような顔がうつった。

「ドッコイしょ」と彼は言った。そして桶《おけ》の上に尻をおいて長い足を洗いはじめた。

「あんたはここへ来て間もないんだろ」

「一週間です。これからお世話になりますよ」

「仕事は何をしている、ね」

「釘《くぎ》の問屋に勤めています」

「会社は東京かね。ここから東京まで通うのは大変だろ」

私は彼の胸に下着の白い痕《あと》が残っているのをそっと眺めた。肋骨が少し浮きでてはいるが、いわゆる骨組の逞《たくま》しい体だ。私のように虚弱な男は同性の体格にたえず劣等観念を抱くのである。マスターの右肩には直径十センチほどの火傷《やけど》らしい傷あとがある。その肉のひきつりはカンナの葩《はな》のような形をしていた。

「あんたの女房は妊娠らしいなあ」

「はあ」

「この間、駅の方を歩いているのを見たが、随分、くるしそうだったね」

「この辺にいい医者がいますか」

私は勝呂医師でない医者をたずねてみようと思った。私の胸のことは兎《と》も角《かく》、妻の体のこともそろそろ心配しなければならない。

「勝呂病院がすぐ、そこじゃないか」

「腕はいいんですか、あの先生」

「悪くないって話だぜ。無口で変った医者でね」

「変っているようですね」

「勘定をあまりやかましく言わねえしな。ほっといても黙っているぜ」

「昨日、行ったけれど雨戸をしめていましたよ」

「そりゃ、カミさんが子供をつれて東京に出たからだろ。カミさんはむかし、看護婦だったそうだがね」

「もう此処《ここ》に住んでから長いんですか」

「誰が?」

「あの先生」

「でもないだろう。俺《おれ》んとこよりは、先らしいねえ」

彼の足もとからねずみ色の汚水が流れてきた。体をこすっているその右腕がしきりに私の顔にあたる。赤く上気したその肉塊は湯とシャボンで細長い風船のように光りはじめた。羨《うらや》ましい。右腕のつけ根でさっきの火傷の痕が少し白くふやけてきたようにさえ見える。

「火傷《やけど》ですか。それは」

「なに? これか。迫撃砲だよ。中支でね、チャンコロにやられてね。名誉の負傷さあ」

「痛かったでしょう」

「痛いの、痛くないのじゃないね。真赤に焼いた鉄棒で思い切り、ガアンと撲《なぐ》られた気持さ。あんたは兵隊にとられたのかい」

「終戦前——一寸《ちょっと》。すぐ帰りました」

「ふん。じゃあのチャンコロの迫撃砲の音を知らないな。シュル、シュル、シュルと鳴りやがって、さ」

私は自分が応召した鳥取の部隊を思いだした。うす暗い内務班でこのマスターと同じ型の狐のような顔をもった男が幾人も坐っていた。私たち新兵を苛《いじ》める時、彼等の細ながい象のような眼はまるで微笑でもしているようだった。あの男たちも今はどこかでガソリン・スタンドの主人になっているかもしれない。

「中支に行った頃は面白かったなあ。女でもやり放題だからな。抵抗する奴がいれば樹にくくりつけて突撃の練習さ」

「女を？」

「いや、男さ」

彼は頭にシャボンをつけて、こちらに顔をむけた。はじめて私の白い痩せた胸や細い腕をみたように、ふしぎそうな眼つきをした。

「痩せているな、あんたは。その腕じゃ人間を突き刺せないね。兵隊では落第だ。俺なぞ」と言いかけて彼は口を噤《つぐ》んだ。「……もっとも俺だけじゃないがなあ。シナに行った連中は大てい一人や二人は殺《や》ってるよ。俺んとこの近くの洋服屋——知っているだろう、

「――あそこも南京《ナンキン》で大分、あばれたらしいぜ。奴は憲兵だったからな」

どこかでラジオの流行歌が聞えてきた。あれは美空ひばりの声である。女湯ではまた子供が泣いている。

体をふいて「お先きに」と言った。脱衣場の所で一人の男がうしろむきになってシャツをぬいでいた。勝呂医師だった。彼は眼をしばたたきながら私を眺めたがすぐ視線をそらした。先日のことを覚えているのか、覚えていないのかわからない。午後の陽が医師の額にあたって、そこに小さな汗粒が幾つも浮いていた。トマト畠の中を通って帰った。キリギリスがあちらこちらで、かすれた声をあげて鳴いている。それを聞いているのはひどく息苦しかった。

洋服屋の前を通りかかった時、私は足をとめた。ガソリン・スタンドの主人が言った言葉を思いだしたからである。ショオウィンドオは相変らず埃に白く汚れている。店のなかで男がうつむいてミシンをふんでいた。顴骨《かんこつ》がとび出て眼のくぼんだ男だ。この男が南京で憲兵をしていたのだろうか。しかしよく考えてみると、これもよくある顔なのだ。鳥取部隊の内務班でも私は古参兵や戦友のなかにこの種の農民的な顔をよく見たものである。

「なにか用かい」

「いや、あまり暑いので」私は狼狽《ろうばい》した。「大変ですね。お仕事ですか」

「いやあ！」洋服屋は案外人なつこく笑った。「こんな田舎《いなか》では、とてもとても……」

ショオウィンドオの人形は例によって空虚な謎めいた微笑をうかべていた。碧い二つの眼が一点を注目しているように凝視している。

折角、風呂屋に出かけたのに、また、汗まみれになって家に戻った。妻は膨らんだ腹を両手でだくようにして縁側に坐っていた。

「おい、スフィンクスって知っているだろう」

「何、それ？」

「あの玉蜀黍畠の所に、洋服屋があるだろう。ショオウィンドオに人形がおいてあるんだ。西陽があそこに照りつけてね。あの人形のうすら嗤《わら》いを見てたらエジプト砂漠のスフィンクスを思いだしたのさ」

「莫迦《ばか》なこと考えずに早く医者に行って下さいよ」

妻があまり八釜《やかま》しく言うので僕はその夕暮、レントゲン写真をもって勝呂医師をたずねた。雨戸はまだ閉めきったままで、庭には子供の長靴がやっぱり落ちていた。犬小屋も空のままだった。細君がいない間、勝呂医師は一人で自炊しているらしかった。

家の中にも診察室にも垢臭《あかくさ》い変な臭いがこもっている。ここに来た患者たちが溜めていった体臭なのか、それとも薬の臭いかわからない。窓を覆った白いカーテンの真中が裂けていて、なかば陽に焼けている。私は勝呂医師の診察着に小さな血の痕があるのを見てイヤだった。

ひびのはいった空ベッドに私が横になっている間、彼は眼をしばたたきながらレントゲン写真を眼の高さまであげて眺めた。カーテンを通して射しこんでくる光線がむくんだその顔を照りつけている。

「前の先生には四〇〇CC空気を入れてもらったのです」

勝呂医師は返事をしなかった。私も彼が机の引き出しから気胸針のはいった硝子瓶をとりだし、先端の穴を調べ、ゴム管にとりつけ、麻酔薬の注射をつまむのをジッと見詰めていた。彼の毛の生えた太い指が芋虫《いもむし》のように動いていく。その指先には黒い垢がたまっている。

「手をあげて」と彼はひくい声で命じた。

彼の指が私の脇腹の肋骨と肋骨との間を探っていった。針を突きさす場所を確めているのだ。その感触には金属のようなヒヤリとした冷たさがあった。冷たさと言うよりは私を一人の患者ではなく、なにか実験の物体でも取扱っているような正確さ、非情さがあった。（前の医者の指先とちがう）と私は患者の本能で突然怯《おび》えはじめた。（あれはもっと暖かかった）

その時、私の胸部に針がはいった。肋膜と胸廓《きょうかく》との間に針がすべりこむのがハッキリ感ぜられた。みごとな入れ方だった。

「ウム」と私は力んだ。

勝呂医師はその声が耳にはいらぬように窓の方を眺めていた。彼は私などではなく別のことを考えているようだった。

無口で少し変った先生だとガソリン・スタンドの主人が批評していたが、勝呂医師は兎も角、少し変っていた。

「愛想がないのよ。そうよ。そういう医者はよくいるものよ」と妻は私に言った。

「そうかなあ。兎に角、あの気胸針の入れ方はこんな田舎医者には珍らしいね。どうして、こんな所に住んでいるのかね」

気胸針を患者の胸に突きさすのは何でもないようだが、あれでなかなかムツかしいのだと私は経堂にいた時、通っていた老医から聞いたことがある。

「若いインターンなどに委せられませんよ。針をちゃんと入れるようになったら熟練した結核医ですな」

その老医はむかし、長い間、療養所で働いたそうだが、ある日、しみじみそう説明してくれた。針が新しければ痛みも少ないが、先のまるい針を厚くなった肋膜の奥に素早く刺すには力の加減がいる。時には自然気胸を併発させたりする場合もあるのは先にも書いた通りだが、そんな突発事を起さなくても、一打ちで針をしかるべき部分まで突き入れなければ患者が痛がる時があるものだ。

私の経験から言っても経堂の老医でさえ、月に一、二度は肋膜のあたりで針を止め、改めて更に突きこむことがあった。こんな時、胸に罅《ひび》のはいったような痛みが走るのである。

あの勝呂医師にはこんなことは一度もなかった。彼の一打ちは素早く針を肋膜と肺の間に入れ、そこでピタリと止めるのである。痛みも何もなかった。あッという瞬間にすむのだった。もし経堂の老医の言うことが本当ならば、この蒼黒くむくんだ顔の男はどこかで相当、結核の治療にたずさわっていたのだろう。そんな医師ならば何も好きこのんで砂漠のような土地に来なくても良さそうなのに、何故《なぜ》やって来たのか私にはふしぎだった。

けれどもそうした技術のみごとさにかかわらず私にはこの医者が不安だった。不安というよりいやだった。こちらの肋骨をさぐるたびに触れるあの指の硬さ、金属をあてられたようなヒヤッとしたあの感じは私にはうまく表現できないが、何か患者の生命本能を怯えさすものがある。私はそれがあの芋虫のような太い指の動きのためかと思ったが、それだけでもないようだった。

ここに引越してから一か月近くたった。九月の下旬には義妹の結婚式のため九州に行かねばならぬ。妻の下腹は眼にみえて膨れていく。

「横にひろがるから女の子かもしれないわね」と彼女は産衣《うぶぎ》を頬に当てながら嬉しそうに呟《つぶや》いた。「蹴るのよ。時々お腹を蹴るのよ」

ガソリン・スタンドの主人は相変らず白い作業服を着て注油器の前を歩きまわっている。私は会社に出かける時、彼に挨拶をする。時々たちどまって無駄話をすることもある。風呂屋では彼のほかに洋服屋の主人にも会うことがある。私はこれで病気さえ良くなれば倖せなんだと思うことがあった。子供もでき、小さいながら家もでき、平凡な倖せかも知れないが、それでいいのだと考える。

ただ勝呂医師のことだけが妙に私の好奇心を唆《そそ》った。細君はまだ帰ってこないのだろうか、相変らず雨戸は閉めきったままである。庭に落ちていた子供の赤い雨靴は犬がくわえていったのか、何時の間にか無くなっていた。

ある日、私は彼について一寸した知識を仕入れることができた。たしかにここに来てから五回目の気胸の日だったが、順番を待っていた私は玄関においてある古い週刊誌の間にF医大の卒業名簿という小冊子を見つけたのだ。勝呂という姓名は珍らしかったので、彼の名はすぐ確めることができた。それよりも私を驚かせたのはその医大のあるF市が九月の終りに妹の式で行かねばならぬ都市だったことである。

「あの訛りは九州のF市の言葉なんだね」と私は妻に教えてやった。

「なんの訛り？」

「そら、初めて俺が行った日、レントゲンを忘れて言われたろう。レントゲンがなかとなら――って」

妻も私も東京生れだから本当にそれがF市の言葉であるかわからなかった。けれどもその発音がいささか滑稽《こっけい》だったので私たちは笑いだした。

「カミさんに逃げられたんじゃねえかな。あの医者」と風呂屋でガソリン・スタンドの主人は考えこんだ。「そう言えば、もとの看護婦に手をつけたという話だからな」

「たしかに変人ですね」

「変ってはいるがこちらには都合がいいさ。去年俺の子供が病気してね。診《み》てもらったんだがその代金、まだ要求してこないからな」

「逃げたという奥さんはどんな人でした」

「なあに。亭主に似て血色のわるい女だったよ。ほとんど顔をみせないし、駅の方に出てくることもないし――」

気胸のたびに私が彼の家を訪れても、勝呂医師はほとんど口をきかなかった。引き裂けた白いカーテンの色が次第に陽に焼けていくのがハッキリわかったが、何時までもそのままにしてある。患者は百姓の内儀《おかみ》やその子供が多い。彼等は玄関の上り口に腰をおろして患者用の新聞や週刊誌をめくりながら忍耐強く順番の来るのを待っていた。看護婦がいないので薬の調合も勝呂医師がやるのである。

残暑のひどく厳しい夕方、私が国道を一人でぶらぶら散歩していた時、ステッキを持った勝呂医師が路ばたにたちどまっているのを見たことがある。彼は洋服屋のショオウィンドオを覗《のぞ》きこんでいるのだった。

私が近づいたのに気づいた医師は、視線をそらして歩きだした。私が頭をさげると彼はただ黙礼しただけであった。

ショオウィンドオは例によってトラックの白い埃をあびていた。洋服屋の姿は見えなかった。赤い髪をした白い人形はうすい嗤《わら》いをうかべたまま、こちらを凝視していた。勝呂医師がたちどまってジッと見つめていたのはこのスフィンクスだった。

九月の終り私は長い退屈な汽車に乗って九州のF市にむかった。義妹の結婚式のためである。

出発前、胸に空気を入れてもらったが彼には旅行のことを相談しなかった。どうせ相談した所で相手が返事らしい返事をしてくれる筈はないからである。

義妹は東京の勤先きで知りあった会社員と恋愛結婚をしたのだ。男の家がこのF市なので式もここですることになったのである。身寄りの余りいない義妹には親類のうち出席したのも親代りの私だけだったから肩身のせまい思いをしただろう。

私の方もF市に来た日から東京に帰りたくなった。水の街という話はきいていたが、その街の中心を流れる那珂川《なかがわ》も真黒でドブ臭かった。その黒い水の上に仔犬の死骸やふるいゴム靴が浮いていた。私は勝呂医院の庭や診療室の臭いを思いだした。住む人の言葉もたしかにあの医者の訛りがあった。私は彼にもこの河をみたり、街を歩いたりするような医学生時代があったのだと思って可笑《おか》しかった。

披露宴は街の中心にある小さなレストランでやった。義妹の主人になる男は背のひくい、善良そうなサラリーマンだった。私とおなじように朝の新宿駅で電車を待っているあの無数の勤人の一人である。やがて義妹も子供ができ、この男と何処か郊外の安い土地に小さな家を建てて私と同様、平凡な倖せを楽しめばいい。何もないこと、何も起らないこと、平凡であることが人間にとって一番、幸福なのだと私は彼等をみながら、ぼんやりと考えた。

テーブルで私の隣りには新夫の従兄だという人が坐っていた。この人もやはり背が低かったが、体は太っていた。名刺をもらうと医師と書いてある。

「F医大を御卒業ですか」話の種がないので私は勝呂医院でみた小冊子のことを思いだしながら訊ねた。「それならば勝呂という人を御存知ありませんかね」

「勝呂……勝呂」相手は首をかしげた。一、二杯の酒でその顔は真赤だった。

「勝呂二郎ですと？」

「はあ――」

「勝呂をあなた、御存知ですと？」

その人は早口のF市弁で叫んだ。

「体を診て頂いています。気胸をやっているもんですから」

「ほう……」

その人はしばらく私の顔を見つめていた。

「今、東京に彼、おりますとな。それでは」

「学生時代のお友だちですか。勝呂先生と」

「いや、あの人は……御存知か知れませんが、例の事件でな」

その人は急に声をひそめて話しはじめた。


披露宴が終ると義妹は夫と駅にむかった。私は親類たちとステイションまで彼等を送った。街には雨がふりだしている。新婚夫婦たちがたち去ったあと、一同は急に手持無沙汰になりはじめた。むこうの家族が料理屋へ誘ってくれたが私は疲れたからと言って宿屋に帰った。

宿屋には客がほとんどいない。女中が布団をのべて出ていったあと私はあぐらをかいて長い間喫《す》わなかった煙草を幾本もすった。

布団にはいって眼をつむったが眠れなかった。披露宴であの従兄という人が小声で教えてくれた勝呂医師のことを考えつづけた。雨が屋根を叩《たた》く音がきこえる。宿屋の遠くで暇な女中たちが笑い声をたてている。

うとうとと眠ってはすぐ眼がさめた。闇の中で勝呂医師の蒼黒くむくんだ顔と、あの毛のはえた芋虫のような指がチラついた。あの指でさわられた冷たい感触がふたたび右腕の皮膚の上に蘇《よみがえ》って来る。

翌日も雨だった。午後その雨の中を私は街に出てF市の新聞社をたずねた。

「むかしの新聞を見せて頂きたいんですが」

受附の女の子は胡散臭《うさんくさ》そうに私を見つめていたが、それでも史料課に電話をかけてくれた。

「いつ頃の記事ですか」

「戦争直後のです。戦争中、F医大で生体解剖をした事件の裁判があったでしょう」と私は答えた。「あの時の記事を見せてもらえませんか」

「紹介状は持っとられますか」

「イヤ、それがないんです」

三階の資料課の隅で私は一時間ちかく当時の新聞記事を読ませてもらった。

それは戦争中、ここの医大の医局員たちが捕虜の飛行士八名を医学上の実験材料にした事件だった。実験の目的はおもに人間は血液をどれほど失えば死ぬか、血液の代りに塩水をどれほど注入することができるか、肺を切りとって人間は何時間生きるか、ということだった。解剖にたち会った医局員の数は十二人だったが、そのうち二人は看護婦である。

裁判ははじめはF市で、それから横浜で開かれている。私はその被告たちの最後の方に勝呂医師の名をみつけた。彼がその実験中何をやったかは書いていない。当事者の主任教授はまもなく自殺し、主だった被告はそれぞれ重い罰をうけていたが、三人の医局員だけが懲役二年ですんでいた。勝呂医師はその二年のなかにはいっている。

　史料課の窓から古綿色の雲が低くこの街を覆っているのがみえた。私は時々、記事から眼をあげ、その暗い空を眺めた。新聞社を出てからは私は街を歩いた。小雨が斜めに顔に当たる。車や電車が東京と同じような騒音をたてて動いていく。雨にしっとりと濡れた歩道を青や赤など色とりどりのレインコートを着た娘たちが歩いていく。珈琲店《コーヒーてん》からは甘い、くすぐるような音楽がきこえてくる。江利チエミがこの街に来ているのか、彼女の口をあけた笑顔が映画館の壁に飾られていた。

「旦那さん。宝クジば買うて下さい」

　エプロンを着た内儀が路ばたで私に声をかけた。

　なんだか大変、疲れていた。私は珈琲店で珈琲を飲み、菓子をくった。店の戸をあけて子供をつれた父親や、恋人を伴った青年がはいったり、出たりする。これらの顔の中にはあのガソリン・スタンドの主人のように細ながい狐のような顔があった。洋服屋のように頬骨のでたあごの四角い農民的な顔もあった。ガソリン・スタンドの主人は今ごろ、白い作業衣を着てトラックに油を入れているだろう。洋服屋の亭主はあの白っぽいショオウィンドオの背後でミシンをふんでいるだろう。考えてみるとあの二人は二人とも人を殺した過去を持っているのだ。私の引越した西松原のたった数軒の店にも私の知っただけでも二人の男がだれかを殺した経験を味《あじわ》っているのである。そして勝呂医師の場合も同じことだ。私はなにがなんだかわからなかった。今日までそうした事実をほとんど気にもとめなかったことが非常にふしぎに思われた。今、戸をあけてはいってきた父親もやはり戦争中には人間の一人や二人は殺したのかもしれない。けれども珈琲をすったり、子供を叱ったりしているその顔はもう人殺しの新鮮な顔ではないのだ。トラックが洋服屋のショオウィンドオを汚していったように無数の埃が彼等の顔に積っている。

私は珈琲店を出て市電に乗った。F大の医学部はその終点である。小雨がまた降りはじめ、広い構内に行儀よく並んだ槐《えんじゅ》の樹を濡らしていた。

生体解剖の手術が行われたという第一外科病棟はすぐわかった。私は見舞客を装って三階まで登った。三階まで入院患者の大部屋になっていて、廊下には消毒薬の臭いに垢くさい臭いが漂っている。これは確かに勝呂病院の診察室の臭気である。

手術室にはだれもいなかった。革ベッドが二つ、窓ぎわにころがしてある。私は床にしゃがんで、しばらくジッとしていた。なぜこんな所まで来たのか自分でもわからない。私は何年前かにこの暗い部屋の何処かにあの蒼黒いむくんだ勝呂医師の顔が存在していたのだなと思った。突然、私は彼に会いたいなという衝動にかられた。

頭が痺《しび》れるような気持がしたので屋上にのぼった。眼下にはF市の街が灰色の大きな獣のように蹲《うずく》まっている。その街のむこうに海が見えた。海の色は非常に碧く、遠く、眼にしみるようだった。

帰京すると既に秋である。私は妻には勿論《もちろん》なにも教えなかったが、その翌日の夕暮、勝呂医院にでかけた。

彼が気胸針をゴム管にはめている時、私は何気ない口調で言った。

「F市まで旅行してきましたよ」

一瞬、勝呂医師は私の顔を眺めたが、その表情は相変らず物憂げだった。それから彼の指が私の肋骨を探りはじめた。医師の着ている診察着に小さい血痕がついている。

「麻酔をかけて下さい」

普通、私のように一年も針を入れられた者には麻酔をかけない。私は彼の冷たい指先の感触と診察着についた赤い血の染みに恐怖を感じて思わず叫んだのだが、叫んでからそれがあの生体解剖の日に米人捕虜がベッドで哀願した言葉と同じだったことに気がついた。

夕暮のためか、カーテンを閉めきったためか部屋は何時もとちがって段々、暗くなっていくような気がする。空気を肺に送りこむ音が水槽の中でコボ、コボときこえてくる。私の額には汗がにじんだ。

針をぬかれた時、真実、たすかったという気がした。勝呂医師はこちらに背をむけてカルテに何かを書きこんでいたが、突然、眼をしばたたいて低いくたびれたような声で呟いた。

「仕方がないからねえ。あの時だってどうにも仕方がなかったのだが、これからだって自信がない。これからもおなじような境遇におかれたら僕はやはり、アレをやってしまうかもしれない……アレをねえ」

医院を出て私は国道をのろのろと歩いた。国道は真直に何処までも伸びているように思われた。むこうからトラックが埃を濛々とあげてこちらに向ってくる。洋服屋のショオウィンドオのかげにかくれて私は車が通りすぎるのを待った。人形は碧い眼で一点を凝視したまま微笑を唇にうかべている。

「朝は四本足、昼は二本足、夜は三本足のものは何か……それは人間です」

子供のころ聞いたスフィンクスの謎を私はその時思いだしていた。勝呂医師の所へ今後、行くか、どうかと考えたが……

一

「おやじの回診は何時に変ったんや」

「三時半やろ」

「また会議か」

「うん」

「あさましい世の中や。そんなにみんな、医学部長になりたいものかな」

二月の風が破れた窓をならしていた。窓硝子にはりつけた爆風よけの紙がその風に少し剝がれて、カサ、カサと音をたてている。第三研究室はこの病棟の北側にあったから、まだ午後二時半すぎたばかりだというのに夕暮のように暗く冷え冷えとしていた。

机の上に新聞紙をひろげて戸田は薬用葡萄糖《ぶどうとう》をふるいメスで削っていた。少し削り終るたびに、彼は掌にその白い粉をつけて如何《いか》にも惜しそうに舐《な》めるのである。病棟は静まりかえっている。一階の大部屋患者も二階の個室患者も三時までは絶対安静なのだ。

黄色い痰《たん》の塊りを白金線でガラス板に引き伸ばしていた勝呂はそれを青いガス火の上で乾かした。痰の焼けるイヤな臭いが鼻についた。

「ちえっ、ガベット液が足りん」

「なに？」

「ガベット液が足りんのや」

勝呂は同じ研究生の戸田と話をする時は何時も片言の関西弁を使う。学生時代からいつの間にか二人の間ではそういう習慣が作られていた。昔はそれも彼等が自分たちの友情を暗黙のうちに証明する符牒《ふちょう》だったのだ。

「だれの痰や、それは？」

「おばはん――の」と答えて勝呂は顔をあからめた。戸田が葡萄糖の白い粉のついた唇の周りに皮肉な嗤いを浮べてこちらを見詰めているのに気がついたからである。

「なんやと。まだお前」戸田はわざと驚いたように声をあげて、

「やめとけよ。何時《いつ》までお前あんな施療患者の面倒をみるねん」

「面倒みるわけや、ないねんけど」

「けどどうせ死ぬ患者じゃないか。ガベット液を使うだけ無駄やで。――」


けれども勝呂は眼をしばたたきながら痰を染色しはじめた。硝子板の間で火にあぶられたおばはんの痰が卵焼の茶色い縁のようにくっついていた。その痰のむこう側に勝呂はこれと同じように茶色くしなびた彼女の細腕を思いうかべた。戸田の言う通りなのだ。あの女はもう十か月は保たないだろう。毎朝、臭気のこもった大部屋に行くたびに、垢じみた布団に身を横たえているおばはんの眼に光が次第に消えていくのを彼はとうから気づいていた。

あれは門司が空襲で焼かれた時、この街に妹を頼って逃げてきた患者である。街にいってみるとその妹も家族と共に行方不明になっていた。警察からこの大学病院に施療患者として送られてから第三病棟の大部屋で寝たきりなのである。両肺がもう、半ば侵されているから手の施しようもない。おやじの橋本教授はとっくに匙《さじ》を投げていた。

「ひょっとしたら助かるかと思うてな」

「助かるもんか」戸田は突然、やりきれないと言ったように声をあげた。「変な感傷はよせや。一人だけ助けても、どうなるねん。大部屋にも個室にもダメな奴はごろごろしているやないか。なぜ、おばはんだけに執着するのや」

「執着してるんや、ないよ」

「おばはん、お前のお袋にでも似てますか」

「まさか」

「お前、甘いねえ。いつまでそんな女子学生みたいなこと考えてるのや」

そう言われれば勝呂は一方ではムッとしながらも、自分の秘密でも見つけられたように思わず顔をあかくして硝子板を棚《たな》のうしろに投げこんだ。

彼は自分の気持をどう、戸田に説明していいのかわからなかった。(俺、あの患者が俺の最初の患者やと思うとるのや)と言うのが恥しかった。(俺、毎朝、大部屋であの髪の黄色くなったおばはんの頭をみるのがタマらんのや。鶏の足みたいな手をみるの苦しうなるんや)と打明けるのが恥しかった。そう言えば戸田はきっと皮肉な刺《とげ》のある言葉をぶつけてくるだろう。そんな憐憫《れんびん》は今の世の中にとっても医者にとっても何の役にたたぬ所か、害のあるものだと言うだろう。

「みんな死んでいく時代やぜ」相手は葡萄糖を新聞紙に包んで机の中に入れた。「病院で死なん奴は、毎晩、空襲で死ぬんや。おばはん一人、憐れんでいたってどうにもならんね。それよりも肺結核をなおす新方法を考えるべし」

壁にかけた診察着に腕をとおすと、戸田は兄貴が弟をさとすような微笑をうかべて部屋を出ていった。

既に三時である。安静の終ったらしい病棟の廊下で看護婦たちがバタバタと走る足音がきこえはじめた。自炊する患者たちが洗い場の水を流している。破れた窓の間から大学の構内をクリーム色に光った自動車がゆっくりと登ってくるのが見えた。第二外科の正門にとまったその車に、一人の見習医官を従えて、国民服を着た小柄の太った男が乗りこんだ。ドアがしまる。車はすべるように走りだす。鉛色の路を消えていく。人影のない夕暮の大学構内での颯爽《さっそう》としたそれらの動きは確かにこの暗い研究室やみすぼらしい病室や、その病室で身を横たえている患者たちとは違った世界の出来ごとのようだった。

(あれは権藤教授と小堀助手じゃなかろうか。するると会議はもう終ったな)そう気づくと勝呂は更に憂鬱《ゆううつ》になっていった。(会議が都合よういきゃいいが。そうせんと、また、おやじが俺たちに当るもんなあ)

一か月前、勝呂の働いている大学で大杉医学部長が脳溢血で倒れた。西部軍司令部の医官や文部省の役人との会議中の出来ごとである。会の途中でこの老人は少し、よろめきながら便所にたった。何かがぶつかったような鈍い物音を耳にして人々が駆けつけた時、老人は水洗便所の鎖を握ったまま、仰むけに壁に靠《もた》れていた。

勝呂はそれから一週間たったある日、校庭で開かれた医学部葬のことを覚えている。それは曇った寒い午後だった。海から吹いてくる風が校庭の黒い土埃や新聞紙を小さな竜巻《たつまき》のように巻きあげながら、天幕をバタ、バタとならした。その天幕の前に白い手袋をはめて軍刀の柄を押えている西部軍の高級将校が両脚をひろげて椅子に腰かけていた。彼等の横にならんだ教授たちは不恰好《ぶかっこう》な国民服を着ているためか、どれも、にがい疲れた表情をみせ、痩せこけてみすぼらしかった。一人の将校が故人の写真の前で長い長い演説をやり、医学徒の臣道実践を述べはじめた。

たんなる医局の研究生にすぎない勝呂にも毎日、おやじの橋本教授の苛立《いらだ》った表情をみるたびに部長の椅子をめぐって医学部の教授たちが動揺していることが薄々と感ぜられる。この頃、回診の時など、おやじは妙に医局員に当たったり、施療患者を叱りつけたりするのだ。

戸田の表現によると教授たちの大半は権藤第二外科部長の勢力に、「丸めこまれた」のだそうである。実際の所、年齢から言っても、部内の経歴から言っても、戸田や勝呂のおやじである橋本教授が医学部長を継ぐのは至極当然の話に思われた。その当然の話が覆《くつがえ》りはじめたのは権藤派がF市の西部軍と結びついて足がためを前からしていたからだ。これも戸田の話だが、権藤教授は自分が医学部長になれば大学の二棟に傷痍軍人《しょういぐんじん》だけを収容するという内約を軍に与えたと言うことだ。そして彼と軍との間をたえず連絡しているのは第二外科の講師だった小堀軍医だそうなのだ。

そういう複雑な学内の内情は下積みの研究員にすぎぬ勝呂にはハッキリ呑みこめなかった。もっとも呑みこめた所でそれが自分の将来とは深い関係があるとは思わなかった。（俺の頭あ、浅井さんや戸田のごと大学に残る頭じゃなか）と彼は考える。（どこか山の療養所で結核医として働けば、それで結構だ。それに、俺はもうすぐ短期現役でこの医学部ともおさらばじゃ）夕暮になると国防色の車がよく第二外科の入口に停る。みどり色の襟《えり》章《しょう》をつけ、身に合わぬ軍刀を長靴にあてながら見習医官たちがその車のドアをあける。小太りの権藤教授が悠然と乗りこむ。そうした光景を眼にしても勝呂が憂鬱になるのは、ただ回診の時、苛立ったおやじの御下問がきびしくなりはせぬかと言うことだった。

その午後もおやじの機嫌が勝呂の心配の種だった。三時半の回診時間がきた時、彼は第一外科部長室の前で浅井助手や戸田や看護婦長の大場さんとおやじが、出てくるのを待っていた。

「会議の模様、どないですと」縁のない眼鏡をキラキラさせてカルテの束をめくっている浅井助手に彼は眼をしばたたきながら小声でたずねた。

「知りませんね」

一研究員にはそんな医学部の事情に嘴《くちばし》をはさむ権利はないと言うように、浅井助手はジロッと勝呂の顔をみた。

「それより君、阿部ミツの胃液検査表をまだ持ってこないじゃないですか。今日おやじにきかれたら、どうするんです」

予備軍医として研究室に戻ったばかりのこの助手はこの機会を利用して第一外科での自分の位置を固めようとしていた。他の助手も若い講師も短期現役で軍隊に引張られ、研究室が真空状態の時、浅井助手にとっては手をうっておくことは絶対に必要だった。部内の噂《うわさ》では彼がおやじの姪《めい》と婚約をしたということである。

勝呂はどもりながら弁解しようとしたが、相手はうるさそうに彼からプイと離れて、ふたたびカルテの束を忙《せわ》しげにめくりはじめた。

四時ちかく、冬の陽が廊下を退きだした。おやじは秘書の役もさせている大場看護婦長を従えて部屋からやっと現われた。二人ともひどく疲れているようだった。

真白なおやじの診察着の胸もとで、みどり色のネクタイが歪んでいる。いつもはキチンと櫛を通した銀色の髪がすこし汗に湿ったように二、三本、額にたれさがっていた。こんなことは今までの彼にもないことである。

学生時代から勝呂はおやじを遠くから眺めては、一種神秘的な恐れと憧れとのこもった気持を感じるのだった。若い頃はおそらく美男子であったに違いない彫のふかい彫刻的なその顔だちは年と共に、部内きっての手術の名手の威厳をおびてきた。勝呂は彼の夫人が留学時代に恋愛《リーベ》した白人の女性であることを思いだし、そんな人生は田舎者の自分には生涯、望めないのだと苦しく考えるのである。

「今日も荒れるぜえ」そのおやじが黙って廊下を歩きはじめた時、戸田は勝呂と肩を並べながら、そっと囁《ささや》いた。「お前、ほんまに阿部ミツの胃液を調べんかったのか」

「調べようと思うたけど」勝呂は顔をしかめて答えた。「あの患者《クランケ》、苦しがってチューブをよう呑まんのや。あまり可哀想やさかい」

結核患者の中には痰がでないと言い張る者がある。阿部ミツがそうだった。本当はでないのではなく唾液と一緒に痰を嚥下《えんか》しているのだから、そんな時はゴム管を胃に通して胃液ごと、しぼりだすのである。三日前、勝呂がこの女に管《チューブ》を幾度のまそうとしても彼女は涙をながし吐き出すのだった。

「やりきれんなあ」戸田は肩をすぼめた。

「しよう無いわ。おやじに訊かれたら＋《プラス》やったと答えとけや。ガフキー番号も適当に言っとけばいいのや」

回診は大部屋からはじまった。みじかい二月の午後がくれて窓側だけに白い微光が残っていた。白い診察着を着たおやじ、浅井助手、看護婦長、戸田、勝呂の五人が病室にはいると付添婦が急いで防空用暗幕をつけた電灯を点した。数人の患者があわててベッドの上に這いあがり両膝に手をおいて正坐した。

部屋には異様な臭気がこもっていた。この頃は一般患者の中にも病室で煮たきをする者がでたから薪《たきぎ》のきなくさい臭いが布団の垢の臭いやベッドの下においた尿器の臭いにまじって一種独特な臭気を廊下まで漂わせていた。

いつものことだが勝呂は自分ひとりで、この病室にやってくる時と、おやじの回診の時などでは患者たちの表情が一変するのに気がついていた。彼が単独であらわれると、患者たちはチョロ剝げたベッドから狡猾《こうかつ》な微笑をうかべて不平をのべたり哀願をするのだ。

「勝呂さん。鎮咳剤《ちんがいざい》ばっかあさい。咳《せき》の出て寝つかれまっせん」「先生、カルシウム剤をもらえませんじゃろか」

彼等がそれらの薬をもらうのが自分たちの病気のためではないことを勝呂は知っている。病人たちの中にはそれを大事に箱にしまって僅《わず》かの配給の藷《いも》や大豆と引き代えるのである。時にはあまり飢《ひも》じい時、空腹をしのぐため鎮咳剤を飲む者もいた。

だがおやじが一週に二度、助手や学生たちを従えてはいってくると、患者たちは急に小さくなる。浅井助手がベッドに結びつけた体温表をおやじに差し出す時、彼等はまるで刑罰の宣告でも受けるように不安のこもった小さな眼で偉い人たちを見あげ、この前より熱がでたことも、咳きこんだこともひたかくしに隠そうとするのだった。一秒でも早くこれら先生たちの取調べから逃れたい一心で病人たちは両膝に手をおいたまま肩をすぼめていた。

「寝巻をぬいで」浅井助手が命令する。「背をこちらにむけて。薔薇疹《ばらしん》はもと通りですが耳から膿が出はじめました」

だがおやじは体温表を手にしたまま、ほかのことに気をとられていた。暗い大部屋で眼鏡もかけていないのに、体温表が読める筈がなかった。

「フィーベルは？」おやじはぼんやりと訊ねた。

「耳が痛みだしてから三十八度を越しています」

「もう痛うござっせん」継ぎだらけの灰色の寝巻から肋骨のういた胸をみせて、その中年の患者は泣きだしそうに髭《ひげ》だらけの顔をクシャ、クシャさせた。「もう今は痛うござっせん」

それはあきらかに耳結核の前徴だった。右耳のまわりで淋巴《りんぱ》腺《せん》が膨れ上り、小さな瘤《こぶ》をつくっていた。おやじの煙草をはさんだ白い長い指が前にのびてその瘤を強く押えると、患者は眉をしかめて声を上げるのを怺《こら》えた。

「大したことござっせん」

「莫迦《ばか》な」

「先生、わたし、治りますじゃろうか」

黙ったまま、おやじは次のベッドに足を運んだ。大場看護婦長と戸田のあとを歩きながら勝呂は背後で体温表に万年筆を走らせていた浅井助手が「大丈夫だよ。おじさん。鎮痛剤をあとであげるからな」と甘い声で囁くのを耳にした。

思ったより今日おやじは苛立っていなかった。苛立っていないと言うよりは何か別のことに心を奪われているようである。体温表や患者の布団の上に、彼の形のよい指にはさまれた煙草の灰が、白くこぼれるのにも気がつかないのである。幾人かの患者の前にたっても、ただ浅井助手の経過報告に肯《うなず》くだけで、指示さえ与えようとせず通り過ぎていく。これならば阿部ミツの胃液検査の件で叱られることもあるまいと勝呂はホッと息をついた。

外には乳色の夕靄《ゆうもや》がたちこめはじめた。遠く、実験用の犬舎から犬たちが餌を求めて吠えるのが聞える。暗幕のなかで電球がそのまわりだけにほの暗い光を落していた。勝呂は乳色の靄のずっと向うに黒い海を見た。海は医学部からほど遠くないのである。

診察の終った患者たちはそれでもまだ、ベッドの上に正坐したまま、不安そうに先生たちの動きを眼で追っていた。電灯がゆれるたびに彼等の背をまげた見すぼらしい影が壁に動いた。片隅の方で咳を怺《こら》えていた女が、たまりかねて手を口にあてながら烈しく咳きこんだ。

「もう、よろしい」

くたびれたようにおやじは浅井助手の差しだした新しいカルテを右手で遮《さえぎ》った。

「急変した患者はいないんだろう。君」

「はあ。お疲れでしたらやめましょう」

浅井助手は頬をゆがめ、追従《ついしょう》をこめた卑屈な笑いをうかべた。戸田は診察着のポケットに手を入れたままムッとしている。

「それで――」浅井助手は突然、勝呂の方を見ながらゆっくりと言った。「勝呂君に診させておいた患者《クランケ》のことですが」

「だれかね」

「そこに寝ている施療の女性患者です」

おばはんはその声をきくと大部屋の出口に近い、一段と粗末なベッドから破れた軍用毛布に体を包むようにして起き上った。

「いいよ、寝ていなさい」浅井助手は先ほどと同じようにまた甘い女性的な声をかける。そして靴先で床の上に転っているおばはんの縁の凹んだアルミ碗をそっとベッドの下に蹴った。

「実は本人も納得《なっとく》しているのですが、どうせ死ぬのでしたら手術《オペ》をやってみたいと思いますが」

「ああ」

おやじは不明瞭な声でふりかえった。彼の顔には別にこの事について関心も好奇心もないようだった。

「ちょうど良い機会です。左肺に二つカベルネが、右肺に浸潤部がありますから両肺オペの実験にはもってこいです」

毛布の端で胸を包むようにしておばはんは勝呂の強張《こわば》った顔を怯えたように見あげた。電燈の光はそこまで届かなかったので、彼女はできるだけ暗い片隅にかくれるように小さく身をちぢめていた。眼の前にいる偉い先生たちが自分のことを話しているのだと知って息を詰め、申しわけなさそうに頭を幾度も下げた。

「柴田助教授が是非、やってみたいと言われるので」

「ああ」

「じゃ、予備検査を勝呂君にやらしておきます。その上で御決定ください」

浅井助手はこちらをふりむいて、

「いいだろ」と促《うなが》した。勝呂は救いを求めるように大場看護婦長と戸田の顔を探し求めたが、看護婦長は能面のような表情をつくっていたし、戸田は戸田で顔をそむけていた。

「勝呂君、やってくれるだろう」

「はい……」勝呂は眼をしばたたきながら、か細い声で答えた。

くたびれたようにおやじが廊下に出た時、大部屋の壁にもたれて彼はふかい溜息をついた。おばはんは毛布で体を包んだままベッドの隅から、まだ、彼を見あげている。その困ったような視線から彼はくるしそうに眼をそらした。手術《オペ》をやればこの患者は百のうち五十は死ぬにきまっている。まして、まだこの医学部でも二例しかない両肺成形を行えば九十五パーセントは殺してしまうだろう。だがオペをしてもしなくても、彼女は半年以内に衰弱死するだろう。

（みんな死んでいく時代やぜ。病院で死なん奴は毎晩、空襲で死ぬんや）戸田が今日の午後、怒ったように呟いた言葉を勝呂は思いだす。回診が終ったあとの大部屋ではひとしきり空咳がひびき、患者たちが蝙蝠《こうもり》のようにベッドから這いおりたり、這いのぼったりしていた。勝呂はこの暗い部屋の臭気は、もし人間の死に臭いがあるならばこれなのだろうなあ、とぼんやり考えた。

二

本当にみんなが死んでいく世の中だった。病院で息を引きとらぬ者は、夜ごとの空襲で死んでいく。

医学部と病院とは街から二里ほど離れた田舎に建てられていたから、まだ敵機の直接攻撃はうけてはいない。うけてはいないが何時やられるか、わからなかった。病院でも木造の古い病棟は放っておかれたが、本館や病理学研究所のようなコンクリートの建物はコールタールで真黒に塗りつぶされてしまった。

本館の屋上にのぼると、日ごとにF市の街が小さくなっていくのがよくわかる。実感としては小さくなると言うよりは焼けた部分が黄いろい砂漠のように毎日、拡っていくのだ。風がある日もない日も、その砂漠から白い埃の巻きあがるのが見え、その小さな竜巻が、むかし田舎者の勝呂の眼を見張らせた福屋デパートを包んでしまう。デパートも内部はすっかり焼けて外郭だけが残っているのである。

もう空襲警報も警戒警報もないようだった。鉛色をおびた低い冬の雲のどこかで絶えず、ごろん、ごろんと鈍い響きがきこえ、時々思いだしたようにパチ、パチと、豆のはじけるような音がした。昨年までは中洲《なかす》が焼けた、薬院の一帯も焼けたと患者や学生たちは大騒ぎをしていたが、この頃は何処が燃えようが誰も口に出す者は少ない。人々が死のうが、死ぬまいが、気にかける者もなくなった。学生たちも大部分は街の方々にある救護所や工場に送られてしまった。研究生の勝呂ももうすぐ、短期現役でどこかに連れていかれる筈だった。

医学部の西には海がみえる。屋上にでるたびに彼は時にはくるしいほど碧《あお》く光り、時には陰鬱に黝《くろず》んだ海を眺める。すると勝呂は戦争のことも、あの大部屋のことも、毎日の空腹感も少しは忘れられるような気がする。海のさまざまな色はなぜか、彼に色々な空想を与えた。たとえば戦争が終り、自分がおやじのようにあの海を渡ってドイツに留学し、向うの娘と恋愛をすることである。あるいはそんな出来そうもない夢の代りに、平凡でもいい、何処かの、小さな町でささやかな医院に住み、町の病人たちを往診することである。町の有力者の娘と結婚できれば、なお良い。そうしたら、自分は糸島郡にいる父親と母親との面倒をみることもできるだろう。平凡が一番、幸福なのだと勝呂は考える。

学生時代から戸田とちがって勝呂は小説や、詩はさっぱり、わからなかった。たった一つ戸田に教えてもらって覚えている詩があった。海が碧く光っている日にはふしぎにその詩が心に浮んでくるのである。

羊の雲の過ぎるとき
蒸気の雲が飛ぶ毎に
空よ　おまえの散らすのは
白い　しいろい　綿の列
(空よ　お前の散らすのは　白い　しいろい　綿の列)

その一節を口ずさむと勝呂はなぜか涙ぐみそうな気分に誘われてくる。特にこの頃、おばはんの手術予備検査を始めてから、彼は屋上にのぼり海を見つめてこの詩を嚙みしめることが多くなった。

成形手術を行うためには患者の肉体的な条件を前もって記録しておかねばならない。浅井助手が勝呂に命じたのはその仕事だった。ほとんど一日おきに彼はおばはんを大部屋から検査室によんで心臓の電気図を調べたり、尿《ハルン》を分析したり、ほそい骨だけの腕から血液をとらねばならなかった。針を腕に入れるたびにおばはんはピクッと体を動かす。火のない検査室の隅にしゃがんで硝子の尿器を股にあてがいながら何時までも震えている。この患者は喀血《かっけつ》こそしなかったが検査のあとでは今まで余り無かった微熱を出すことがあった。それでも治りたい一心であろうか、勝呂の言うことに懸命に従おうとする彼女を見ると、彼はどうしても視線をそらしてしまうのだった。

「おばはん、なぜ手術を承諾したとや」

「へえー」と彼女はたよりなげに考えこむ。自分がなぜ承諾したのか、彼女自身にもわからないようだった。

「なぜ、承諾したとや」

「柴田先生がなあ、このまんまじゃどうにもならんから手術をせいと言われるでなあ」

一週間ほどたつと検査表も少しずつ出来あがった。思ったより彼女の肺活量はあったが赤血球の数が減り、それに心臓が弱っている。勝呂にも、おばはんに手術《オペ》をすることは九十パーセントまでは危険だろうと思われた。

「先生、手術ばすましゃあ、私は助かりますじゃろうか」

おばはんにそう訊ねられても助かると彼は断言できなかった。と言ってオペをしなければ半年もしないうちに死んでしまうこの女をどうして良いのかも勝呂にはわからない。彼が不憫《ふびん》なのはいずれは死ぬこの女にオペの苦痛を与えることだった。勝呂はただ眼をしばたたいて黙っているより仕方がなかった。

「心臓が兎に角、弱っとりますから」彼は浅井助手の所に報告にでかけた。助手はその時、柴田助教授《アプロ》と薬用葡萄酒を飲んでいた。

「オペは少し無理じゃと思いますが」

「無理はわかっているさ」一、二杯の葡萄酒で顔を真赤にした助教授は勝呂のもってきた検査表をパラパラとめくりながら答えた。

「君は心配しなくてもいいよ。今度の執刀《パウプト》はぼくがするからな。第一あれは施療患者じゃないか」

「勝呂君はこの患者《クランケ》の担当なので心配なのでしょう」例のあまい優しい声で浅井助手は微笑した。「私も昔はそうでしたよ」

「今度の施療患者でぼくが実験してみたいのはね」

柴田助教授《アプロ》は少しよろめきながら黒板に近づくと、診察着のポケットから白墨をだした。

「従来のシュミット式成形手術じゃないんだ。君、コリロスの論文読んだ?」

「はあ?」

「あれの変形方法だよ。まあ、聞きなさい。まず上部肋骨《リッペ》の下をひろく割く。第四肋骨からはじめて、第二、第三、第一と切る。これがコリロス法だろう。ぼくのはねえ、空洞《キャペルネ》の形と灌注気管枝の方向に注意して——」

勝呂は礼をして部屋を出た。廊下の窓にしばらく顔をあてていた。なぜだか非常にくたびれているような気がする。体の芯《しん》まで重いのである。長靴をはいた病院の老小使が地面を掘りかえしていた。その上には瘤だらけのポプラの梢《こずえ》が風にゆれている。シャベルで黒土を掘りかえし、掘った土を傍らに捨てる。単調な動作を男はいつまでも繰りかえしていた。一台のトラックが埃をあげて病理学研究所の前を走ってくるのが見える。トラックの上には、草色の作業衣を着た背のたかい男が数人、だらしない恰好でかたまっていた。

トラックが第二外科の入口の前でとまった時、拳銃を腰にさげた兵士が二名、ドアをあけて勢よく飛びおりた。彼等のきびきびした行動に比べて作業服を着た連中は足をひきずるように動かし緩慢な動作で階段をのぼっていった。小柄な二人の兵士たちの横で彼等の背があまりに高いので、米国人の捕虜だということが勝呂にも一眼でわかった。

「第二外科にアメさんの捕虜がやって来よったよ」彼は第三研究室に戻ると、机の引き出しを掻き廻している戸田に教えた。「トラックに乗せられてなあ」

「そんなの、珍しいことや、ないわ。この前もチブスの予防注射、受けに来よったやないか」

それ所ではないといったふうに戸田は引き出しをガタピシといわせた。

「俺の聴診器《ステト》――俺の聴診器《ステト》は何処にいきよったのかなあ。おい、お前の一寸貸せや」

「どうしてん?」

「オペ、受ける患者がまた一人、ふえよった。俺と浅井さんが検査担当や。なに? おばはんやあらへん」そして戸田は唇のまわりに学生時代から勝呂に何かを教えてやる時の癖で、相手をみくだしたような微笑をうかべ、声をひそめた。「誰やと思う? お前」

「わからんなあ。俺」勝呂は眼をしばたたいた。

「個室に寝とる田部夫人や。看護婦《プレさん》たちが大杉部長の親類やと言うているやろう。あの奥さんや」

そう言われるまでもなく、勝呂はその田部とよぶ若い、うつくしい患者を見知っていた。平生、回診は大部屋から始まり、二階の二等室がすむと最後は個室で終る。個室では、おやじの態度も診断も丁寧になってくるが、特にその若い人妻にたいしては細心をきわめた。勝呂も看護婦《プレ》もカルテの端に「大杉医学部長、御親類」と書きこんだ浅井助手の筆跡を読んでいたのである。

病歴《アメムネーゼ》から言うと若かった。右肺上葉に大豆ほどの空洞と幾つもの小さな浸潤部がある。ただ、肋膜が癒着しているので気胸はできない。黒い長い髪を清潔な枕カバーの上に思い切りといて、何時も仰むけにジッと寝ている女性だった。読書好きらしく陽のよくあたる大きな窓の下には勝呂の読んだことのない文学書などが並べてあった。

胸もとを拡げる彼女は病人かと思われる程美しい皮膚を持っていた。主人は海軍で遠い所に行っているそうである。そのためか、むっちりと膨んだ乳房の先も娘のように小さく赤かった。一日に一度は女中と母親らしい人が風呂敷に食事を入れて運んでくる。すべてがあの大部屋の患者たちの世界とはちがっていた。

「治りますよ奥さん」おやじはいつも聴診器をしまう時、元気づけるのである。「私が必ず治してみせますよ。いや、私など大杉先生への御恩返しですな」

いずれはオペをしなければならぬだろうが、その時期は秋と予定されていた。それを急にこの二月に変更したことが、勝呂にはまた、わからない。この前の回診の時だって、おやじは何かに気を奪われていたためか一言もそれには触れなかったのである。

「なぜ、急に変ったのやろうなあ」

「そこやて問題は。おやじ、この頃回診中、ぼんやりしてるやろ。このオペはな」

戸田は椅子から伸び上るようにして窓の外を眺めた。第二外科の入口の前を二人の兵士が両手をうしろに組んで檻《おり》の中の動物のように往復していた。ポプラの樹の根の下で、長靴をはいた老人が相変らずシャベルを動かしている。

「このオペはおやじの部長選挙と関係あり、と俺は睨《にら》んどるんやで」

ふたたび椅子に坐ると彼はふるい小型和独辞典の頁を破って、配給煙草の葉を机上の缶から摑みだした。

「おやじはできることなら、四月までにあのフラウの手術成績で点数をあげとく必要があるのや。いいか。四月には医学部長の選挙があるやろ。患者は大杉一家の親類や。病巣は片肺の上葉やし、体力も弱っていない。秋まで待つより今月、オペをやって四月には動けるようにする。そうすれば、大杉門下の内科系教授たちはおやじ側に好意をよせるやろ。第二外科ならびに権藤教授を選挙前に威圧できるというわけ、なん、や」

わけ、なん、やと語尾に力を入れてゆっくりと発音すると、戸田は煙草の煙を得意そうにプウッと吐きだした。

大阪のある富豪の庶子として生れた戸田は学生の頃から、田舎者の勝呂にこうした医学部内の複雑な人事関係や学閥の秘密をよく教えては煙にまくのだった。「医者には甘っちょろいセンチなど禁物やぜ」勝呂が眼をしばたたいて悲しそうな顔をすればするほど、戸田は嬉しそうな顔をする。「医者かて聖人やないぜ。出世もしたい。教授にもなりたいんや。新しい方法を実験するのに猿や犬ばかり使っておられんよ。そういう世界をお前、もう少しハッキリ眺めてみいや」

「それでお前、その手術の検査、命ぜられたんか」勝呂は椅子に腰をおろして眼をつむった。先ほど廊下で感じた疲れがまた出てきた。「どうもよう、わからん」

「なにが？」

「おばはんは柴田助教授の実験台《アスプロ》やし、田部夫人はおやじの出世の手段や」

「あたり前やないか。それがなぜ悪いねん。第一、お前、なんでおばはんばかりに執着するねん」戸田は当惑した勝呂の顔を嬉しそうに眺めた。「え、なぜ悪いねん」

「俺には都合よう言えんけど……」

「患者を殺すなんて厳粛なことやないよ。医者の世界は昔からそんなものや。それで進歩したんやろ。それに今は街でもごろごろ空襲で死んでいくから誰ももう人が死ぬぐらい驚かんのや。おばはんなぞ、空襲でなくなるより、病院で殺された方が意味があるやないか」

「どんな意味があるとや」勝呂はうつろな声で呟いた。

「当然の話や。空襲で死んでも、おばはんはせいぜい那珂川に骨を投げこまれるだけやろ。だがオペで殺されるなら、ほんまに医学の生柱や。おばはんもやがては沢山の両肺空洞患者を救う路を拓《ひら》くと思えばもって瞑《めい》すべしやないか」

「本当にお前は強いなあ」勝呂はふかい溜息をついた。「そんなことは俺にもわかっとる。わかっとっても俺あ、そうや、なれん」

「強くなければ、どう生きられる」

　突然、戸田は引攣《ひきつ》ったように嗤いはじめた。「阿呆《あほ》臭《く》さ。こんな時代にほかの生き方があるかい」

「そうやろか」

「知らん。それより聴診器《ステト》、早う貸せや」

「俺の……救命袋の中にはいっとる」

勝呂は部屋を出た。風の吹いている中庭で彼は長靴をはいた老人が掘るシャベルの動きをぼんやりと見ていた。

「防空壕を作るとですか」

「いやポプラを倒すとですたい。折角、伸びるとば、学校でなぜ伐れといわっしゃるか、わしにはわからん」


第二外科の入口には、先ほど腕を背後に組んで歩き廻っていた兵隊の姿も見えない。捕虜を連れてきたトラックも何処かへ行ってしまった。静まりかえった本館を勝呂はカタ、コトと靴音をならして屋上にのぼった。

眼の下に医学部の大きな敷地がひろがっている。右端にあるのが伝染病研究所や第一内科教室だ。黒くコールタールで塗りつぶされた病理学研究所と図書館との間に木造の病棟が幾列も並んでいる。消毒所の煙突から灰色の煙がたちのぼっていた。患者は何百人いるのだろう。看護婦や職員はどの位いるのだろうと彼は考えた。この建物と建物との間を自分には理解できぬ歯車がまわっているような気がする。(考えんことだ。考えるだけ無駄

じゃもんな)

海は今日、ひどく黝《くろず》んでいた。黄いろい埃がまたF市の街からまいのぼり、古綿色の雲や太陽をうす汚くよごしている。戦争が勝とうが負けようが勝呂にはもう、どうでも良いような気がした。それを思うには躰《からだ》も心もひどくけだるかったのである。

三

「五十六億七千万、弥勒菩薩《みろくぼさつ》はとしを経ん　まことの信心うる人は、このたび燈《あかり》を開くべし……」

「そのままでいいけん、ジッと寝ときなさい」

「はい」

勝呂が診察をしている間、おばはんは眼をつむって隣の阿部ミツが唱える歌をきいていた。ミツの方は施療患者ではなかったが、おばはんとは年齢も近く、ベッドも差し向いなので二人はよく小声で話しあっているようだった。

「御詠歌かね」

「いいえ、あんた、親鸞《しんらん》さまが作らしゃった歌でござす」と阿部ミツはおばはんの方を頤《あご》でしゃくった。「この人がなあ、私に仏さまの本ば読んでくれって言いますもんじゃけん」

「読んでやんなさいよ」

「はあい」ミツはサックにしまいかけた眼鏡をまた顔にかけなおすとベッドの上に坐りなおし、表紙のちぎれた小さな本を拝むように眼の高さまでもっていった。

「お釈迦《しゃか》さまはある日、……一人の弟子をお見舞になりました……。弟子は自分の小便や糞も始末できぬほど苦しんでいました。……お釈迦さまは……先生、これはなんという字ですと」

「ネンゴロじゃろ。そりゃ子供の本だねえ」

「はい。むこうのベッドのお人が貸してくれよりましてな。ネンゴロに見舞い——お前はたっしゃな時に友だちを看病したことがあるか……と言われました。このように一人ぽっちで苦しまねばならぬのは……お前が平生、他人を……看病しなかったためである。お前は……お前は今、体の病いに苦しんでいるが……三世にわたって尽きることのない心の病いがある……」

ミツがひくい声でぼそぼそと音読する間、おばはんは眼をつむっている。床には芋《いも》の黄色い皮のついたアルミの食器がころがっていた。まわりの患者も黙って耳を傾けていた。

「それじゃけん。これは仏さまが病気ば治すごと、心を入れ更えにゃいかんと言われとるとじゃろうねえ」

友だちの得意そうな講釈におばはんは子供のように幾度もうなずいた。勝呂は聴診器をポケットに入れて、どうあのことを彼女に切りだそうかと考える。

「この人もあなた」ミツは勝呂の方をむいて説明した。「手術ば受ける前に、少しずつ気が弱うなっとりますなあ。子供に会いたい一心で手術ば受けるとですもん」

「おばさんに子供がおったとね」

「はあい。この人の息子さんは戦争にいっとりますげな」

ベッドから這いおりると、阿部ミツは床においた行李《こうり》を掻き廻して、丁寧に折りたたんだ日章旗をとりだした。雨だれのような染みがその安っぽい白地にきいろくついていた。

「大部屋の人には書いてもらいましたから、先生も息子さんのために、なにか書いてつかあさい」

「ああ」

その旗を手にとると、勝呂は尚更おばはんにオペの予定日を打明けることができなくなった。

手術の日どりが発表されたのは今朝である。来週の金曜日の午前にまず田部夫人をおやじ自身が執刀する。それから一週間たつと、おばはんのオペが柴田助教授の手で行われることになったのだ。そのいずれにも勝呂は戸田と一緒に手術助手《アシスタント》としてたち合うことを命ぜられていた。

オペの日どりがきまればその日から患者は動揺する。メスの痛さ、肋骨を折る鈍い音などをあれこれ想像するだろう。そうした苦痛な一週間を彼は他の患者なら兎も角、ほとんど死ぬ可能性のあるこの女には告げる勇気もなくなってくる。
寒々とした研究室に戻ると彼は試験管やピンセットを押しやって、机の上に阿部ミツの託した日章旗をひろげた。勝呂にはそこに何を書いてよいのかわからない。安手の生地の上に大部屋の者たちの文字が幾つか並んでいた。この旗が義清とよぶ息子の手もとに渡る時はおばはんは、死体《ライヘ》となっているかも知れない。そんな想像がぼんやりと彼の心に浮かんだ。喫めぬ煙草を戸田の抽出しから取ると、彼はそれに火をつけた。幾度も考えた末、必勝という平凡な文句を味気ない気持で書きつけた。

一方戸田の想像を裏書するように田部夫人の予備検査はできるだけ正確に細心に行われていった。戸田は兎も角、浅井助手としてはこの手術の成否が第一外科における自分の将来に関係するから懸命なのである。助手はこの一、二年のうちに短期現役に服務している同僚が研究室に戻ることを懼《おそ》れていた。その前におやじの自分にたいする個人的な信頼感を強めておかねばならぬ。彼が狙っている講師の口は主任教授の寵愛によって左右されるのだ。
ただ柴田助教授《アスプロ》は——これも戸田の解釈なのだが——おやじの出世を妬《ねた》んでいるらしかった。彼はおやじによって育てられたのではなく、その前の第一外科部長、桓下《たけした》教授の弟子だったからである。

主任教授の回診は週に二度ときまっていたのだが、手術前のこの一週間、おやじはほとんど毎日、田部夫人を診察した。

「秋には退院ですよ」浅井助手の手渡す胸部断層写真を窓の方にむけて眺めながら彼はこの患者に肯いてみせる。「あとは半年、田舎で寝ていられればいい。来年の正月にはもうすっかり健康になりますな」

四月の選挙にたいする希望が湧いてきたのか、この所、おやじはふたたび、あの自信に充ちた姿をとり戻しはじめた。真白な診察着のポケットに両手を入れ、口に煙草をくゆらせながら、一同を従えて病棟の廊下を大股に歩いていく。その少し前かがみの、いかにも瞑想的な姿勢は、田舎者の勝呂にプロフェッサアという言葉のイメージをそのまま与えてくれるようだ。大場看護婦長と戸田の背後で兵隊靴を引きずりながら勝呂はおやじにたいして昔のような憬れと神秘的な尊敬をふたたび感じたのだった。

「先生、この娘の手術、大丈夫でございましょうか」

この頃は黒いモンペをはいた上品な母親がいつも田部夫人の病室につきそっている。ベッドの上に上体だけ起して、若い人妻は右手で寝巻の襟をつまみながら、頰に落ちた髪をかきあげて微笑む。

「何がですか、手術ならば麻酔で眠っていられる間にすみますよ。もっとも一晩は多少は苦しいでしょう。それに咽喉が乾くかも知れませんがね。それも二、三日の辛抱《しんぼう》です」

「危険ということは……」少し眉をひきしめて母親が言うと、浅井助手が女性的な声をたてて笑った。

「橋本先生の御手腕も我々の努力もお母さまには、見くびられましたねえ」

けれどもこれは本当だった。田部夫人の栄養も心臓も血液数も、そして病巣の位置さえ、手術にはベスト・コンディションだったのである。今日まで手術の助手《アシスタント》を一度しか勤めたことのない勝呂にも、このオペは自分がやっても成功すると思う。

おやじが聴診器をあててむっちりとした彼女の胸の鼓動を聞いている時、勝呂はなぜかある妬《ねた》ましさを感じる。それはこの美しい人の夫にたいする妬しさなのか、自分には生来、得られそうもない幸福への妬しさなのか、それとも暗い大部屋で横たわっている患者に代っての単純な義憤なのか、彼にはわからなかった。

木曜日の夜がきた。オペの前夜に看護婦がアルコールで患者の体を拭き、毛剃《けぞり》をするのである。勝呂は戸田と大場看護婦長と研究室に遅くまで残ってオペに必要な写真を揃えなおした。医学部から徒歩で十分ほどある下宿に帰ろうとして、もうすっかり闇になった外に出た時遠くから自動車の走ってくる音がきこえた。

車が横を通りすぎた時、暗い灯をつけた車の窓に権藤教授が顔を当てているのをチラッと見た。その横に顚をぐっと引いた小太りの将官が刀の柄に両手をおいて腰かけていた。

勝呂にはなぜかその時権藤教授の顔がいつになく汚れ、暗い孤独な影にふちどられているような気がした。

（おやじは勝つだろうな）

彼は自分には関係のないこれら教授たちの暗闘が明日は一つの峠《とうげ》にかかるのだと考えて、いつにない興奮さえ感じたのだった。

金曜日の午前十時、ゴムの前掛の上に白衣を着こみ、サンダルをつっかけた浅井助手、戸田、勝呂は手術室の外で患者が運ばれてくるのを待機していた。

空は曇っていた。手術室は病棟の二階のはずれにあったからここを歩く外来患者も看護婦もいない。廊下が一直線にむこうまでにぶく光っているだけである。

やがてその廊下の奥で車輪の軋《きし》むかすかな音が伝わってきた。田部夫人を乗せた運搬車が看護婦と母親に押されてゆっくりと進んでくる。

病室で注射されたパンスコの麻酔薬と手術の恐怖とのため、車に仰むけになった夫人の顔は血の気もなく、髪も乱れていた。

「しっかりするのよ」母親は次第に速く進みはじめた車にそって走りだした。

「母さま、ここにいますからね。姉さんもすぐ来るのよ。手術はすぐ終るんだからね」

と、ぐったりとした患者は鳥のように白く眼をあけて何か呟いたがその声は聴きとれなかった。

「先生が」と母親はまた叫んだ。「ちゃんとして下さるから。先生が」

大場看護婦長はその時、既にアルコールで手を洗ったおやじの背中にまわって手術衣の紐《ひも》を結んでやっていた。それから母親が自分より背の高い長男の世話をするようにトルコ帽に似た白い手術帽を彼の頭にかぶせた。別の看護婦がゴム引とメリヤスの二つの手袋のはいった金属の箱を差しだした。これで、おやじは能面のような顔と不気味な性格とをもった真白な人形になったのである。

手術中は二十度の温度を保っていなければならないので、部屋は既にむんむんとしている。床には埃と手術中の血をたえず洗い落す水が軽い細かな音をたてて流れている。その水が、天井につるした大きな無影燈の光に反射して、手術室全体を燃えた白金の炎のように輝かせていた。その中で浅井助手も看護婦たちもまるで水の中の海草のようにゆらゆらと動いている。戸田は患者の肩胛骨《けんこうこつ》をこじり上げるレーラクターを確かめていた。

二人の看護婦が田部夫人の裸体を折りまげるように持ち上げて手術台の上に乗せる。その手術台のかたわらで、硝子のテーブルに乗せたニッケルの箱から、おやじは馴れた手つきで手術道具を並べはじめた。骨膜を剝がすエレバトリウムや肋骨刀やピンセットなどが互いに触れあってガチャッガチャッと音をたてる。田部夫人はその鋭い音をきくと一瞬、ピクッと躰を震わせたが、再び、ぐったりと眼をつむった。

「痛くありませんよ。奥さん」浅井助手があの甘い調子で声をかけた。「麻酔をどんどん、うちますからねえ」

「そちらの用意はできたか」おやじの声は低かったが、手術室の壁に反響した。

「はあい」

「血圧計、イルリガートル、すべて完了」と助手は応じた。

「では始めます」

一同は患者とおやじの方にむかってしずかに頭をさげた。沈黙が部屋に拡がった。その間、大場看護婦長だけがヨードチンキを浸した綿をピンセットでつまんで夫人の白い背中にぬっていた。

「メス」

差しだされた電気メスを手袋をはめた右手で鷲《わし》づかみにすると、おやじは少し前にかがんだ。ジュウッという音が勝呂の耳にきこえた。筋肉が電気にはじける音なのだ。

一瞬、白い脂肪の線がぱあっと浮きでたような感じがする。次の瞬間、どす黒い血が吹きだすように眼にはいってきた。浅井助手がコッヘルをパチ、パチ鳴らしながら素早く血管をとめる。勝呂が更にその血管を一本ずつ絹糸で結ぶ。

「骨膜剝離刀」おやじは叫んだ。「輸血は?」

田部夫人の白い足にイルリガートルの針は差しこまれていた。勝呂は瓶の中の強心剤がビタミンや葡萄糖液やアドレナリンをまぜた液体がゴム管を走り患者の体に流れ込むのを確かめて答えた。

「異常ありません」

「血圧は？」

「大丈夫です」看護婦が応じた。

長い時間がたった。

突然、田部夫人は呻《うめ》きはじめた。麻酔はパンストのほかにプロカインがうたれていたのだが、まだ半ば意識が残っているらしかった。

「苦しい。母さま。息が苦しい」

おやじの額に汗がにじみはじめる。それを大場看護婦長が伸びあがるようにしてガーゼで拭う。

「息が苦しい。母さま。息が苦しい」

「エレバトリウムすみ。肋骨刀」

骨膜が剝がされると白い肋骨が何本も浮き出てくる。それを花鋏《はなばさみ》に似た肋骨刀でおやじはしっかりと挟んだ。

「ムッ」

マスクの下で力をこめた声が洩れた。ボキンという鈍い音がして鹿の角に似た第四肋骨がもぎとられ、受皿の中にかるい乾いた響きをたてて落ちた。

その時、胸壁や内胸をかくした組織が下の肺の圧力で赤い風船のようにもり上ってきた。ムッと力をこめるおやじの声、骨の折れる鈍い音、そしてそれが受皿に落ちる乾いた響きは静かな手術室の中でいつまでも続いた。おやじの額に汗が更にながれはじめ、看護婦長が幾度も背伸びをしてそれを拭う。

「輸血は？」

「異常ありません」

「脈は？　血圧は？」

「大丈夫です」

「第一肋骨にかかる」とおやじは呟いた。

成形手術のうちで最も危険な箇所にきたのである。

田部夫人の血液が突然、黒ずんだのに勝呂は気がついた。瞬間、なにか不吉な予感が胸にこみ上げてきた。だがおやじは黙々と僧帽筋を切っている。血圧を調べていた看護婦も何も言わない。浅井助手も無言である。

「切除剪《せつじょせん》」

おやじは叫んだがその時、彼の体が少し震えたような気がした。

「イルリガートルは大丈夫か？」

彼は気がついたのである。血が黒ずみ始めたことは患者の状態がおかしくなって来た証拠なのだ。出血が多量なのだろうか。勝呂はおやじの顔が汗で蠟をぬたくったように光っているのを見た。

「異常は？」

「血圧が……」突然、若い看護婦がうろたえた声をあげた。「血圧が下ってきました」

「酸素吸入器を……」と浅井助手がヒステリックに叫んだ。「早くするんだ」

「汗が眼に——汗が眼にはいる」とおやじはよろめいた。看護婦長が震える手でその額にガーゼを当てた。

「ガーゼを早く」

血をガーゼで拭きとり、塞いだが、出血はとまらない。おやじの手の動きが早くなった。

「ガーゼ、……ガーゼ……。血圧は？」

「下っています」

その時、苦痛に歪んだ顔でおやじはこちらをむいた。それは泣きだそうとする子供の顔に似ていた。

「血圧」

「駄目です」と浅井助手が答えた。既に彼はマスクをかなぐり捨てていた。

「死にました……」

脈を計っていた看護婦長が力なく呟いた。

彼女が手を離すと、柘榴《ざくろ》のように切り裂かれた死体《ライヘ》の血まみれの腕が、だらぁんと手術台の縁にあたった。おやじは茫然としたように立っていた。だれも口をだす者はいなかった。無影燈の光を反射させながら床を流れる水だけが微かなかるい音をたてている。

「先生」浅井助手が呟いた。「先生」

おやじは相手をみあげたが、その顔はうつろだった。

「後始末をつけなければ」

「後始末？……そうか……本当にそうだったな」

「どうします。兎も角、縫合わせはやっておきましょう」

田部夫人の顔は凹んだ眼をクワッと見開き、白痴のように開いた大きな口の中に赤い舌をのぞかせながら、こちらを凝視《みつ》めていた。死体が眼を大きく開いているのは手術中、苦しんだ証拠である。その腹部にも手にも顔にもべっとり血がとび散っている。

勝呂は、膝の力が全く抜けてしまったように床にしゃがみこんだ。頭の奥で何か硝子にブリキの罐《かん》をぶつけたような音がたえず聞えてくる。彼は嘔気《はきけ》を感じ、手でしきりに眼をこすり、額の汗を拭った。

浅井助手がおやじに代って布団のように切り裂いた死体を縫った。その体を看護婦長がアルコールでふきはじめた。

「繃帯で包むんだ」浅井助手が高い声をあげた。

「全身を繃帯で包むんだ」

おやじは椅子に腰をおろして床の一点をぼんやり見詰めていた。部屋の物音も助手の声も耳にはいらぬようだった。

「患者の体は病室に運ぶ。家族には手術の経過を一切、言わぬこと」

浅井助手はかすれた声でそう言うと、一同を見まわした。その一同は怯えたように背を壁にむけてたっていた。

「病室に帰ると、すぐリンゲルをうつ。その他、術後の手当はみんなする。患者は死んではいない。明朝、死ぬことになるんだ」

その声は、既に研究室の浅井助手がいつも響かせる、あの甘い高い声ではなかった。汗にぬれた彼の鼻に縁なしの眼鏡がずり落ちていた。

運搬車に死体を乗せて白布をかぶせると、若い看護婦がよろめきながら車を押した。彼女には押す力もなくなったようだった。

廊下で田部夫人の母親や姉らしい人が蒼白な顔をして駆けよってきた。

「手術は無事に終りましたよ」浅井助手はつとめて平静を装おうとして苦しそうに微笑したが、声はかすれていた。大場看護婦長が家族たちの体を運搬車からできるだけ遮ろうと中にはいった。

「しかし、今晩が山ですね。油断《ゆだん》は禁物ですから明後日まで面会は禁止です」

「あたしたちもですか？」と姉らしい人がとがめるように叫んだ。

「お気の毒ですけれどねえ。今日は看護婦長もぼくも徹夜で看病しますよ。安心して下さいよ」

病室の戸は開いたままだった。たった今、血圧計を計っていた若い看護婦が泣きだしそうな顔で走ってくる。この娘は浅井助手に命ぜられた演技をどうやって演じてよいのか、わからないらしかった。

戸口で大場看護婦長が注射箱を受けとる。彼女だけが能面のように無表情だった。長い経験から、こんな時、何をどうすればよいか心得ているのは彼女だけである。浅井助手は既に病室の中で待っている。

勝呂は廊下の窓に顔をあてながら茫然としていた。「君、ここで秘密の洩れぬように見張って下さい」と助手に命ぜられたからだ。田部夫人の家族がこちらに来ようとするのを廊下の曲り角で戸田が押しとめていた。

「でも――」

「奥さん」

戸田の叫ぶ声がきこえた。

「どうなの？」

顔をあげると診察着に両手を入れて、柴田助教授《アスプロ》が彼の顔をみつめた。

「オペは成功したの？」

勝呂が首をふると、一瞬、助教授の肉のおちた頬にゆっくりとうすい嗤《わら》いがうかんだ。

「死なしちゃったか。仕方がねえなあ。いつだね」

「第一肋骨」勝呂は喘《あえ》ぎながら答えた。

「そうか。おやじも年をとったな」

だが彼は病室にはいった。そしてあわてて、ふりむいた助手に肯くと死体の脚に差しこまれたリンゲルの針を手に持った。

（これ一体なんだろう。これは一体なんだろう）時計の刻むような音が頭の中でする。

（何だろう。何だろう。何だろう）

戸田が近よってきた。彼は黙ってセルロイドのケースに入れた手巻煙草を勝呂に差しだしたが、勝呂は力なく手をふって断った。

「コメディやったな」病室をチラッとみて戸田は唇に煙草を運んだが、その手は震えていた。

「ほんまに、ほんまにコメディやったなあ」

「コメディやと?」

「そや。浅井さんも考えたもんやよ。オペ中、患者が死ねば、おやじの腕の全責任や。しかし、術後に死んだとすりゃあ、これは執刀者の罪やないからな。選挙運動の時にも弁解できるやないか」

勝呂は戸田に背をむけて廊下を歩いていった。

「どうなので、ございましょうか?」

灰色の影にひたされた廊下の中で死者の家族が声をかけた。彼は黙って階段をおりた。

夕暮の構内を自転車に乗った看護婦が通りすぎていく。「坂田さあん」彼女の友だちであろう、病室の窓からだれかがよびかけている。消毒室の煙突から乳色の煙がゆっくり空にながれていく。ポプラの樹の下で、また、あの老人がシャベルを動かしている。それら毎日と変らない夕暮の風景をみて、勝呂は突然嗤いだしたくなった。何が可笑《おか》しいのか自分でもわからなかった……

四

手術の失敗は当事者たちの沈黙にもかかわらず、地面にしみる汚水のように教室にも病棟にも拡っていた。看護婦室でも研究室でも、二、三人が集まると当分、この噂《うわさ》でもちきりだった。田部家では大杉部長の親類の手前、流石《さすが》に表だっては抗議してこなかったが、故部長に育てられた内科系の教授連は、第一外科が内科の意見を押しきって強引に手術を早めたからだと、非難しているらしい。いずれにせよ部長選挙でおやじが推薦される望みは、これで殆どなくなったようである。

そうした事はすべて今の勝呂にはどうでもよかった。この頃は心も紙のようにしらじらとして、体もひどく重い。仕事にも臨床にも病院にも熱意と関心とを持てなくなってきた。柴田助教授が思いだしたように、おばはんの手術を二、三か月延期すると告げたのは、田部夫人が死んでから三日目のことである。「手術死を二度、重ねりゃ、第一外科の面目も丸潰れだからなあ」と助教授は肉の落ちた頰を歪ませて笑ったが、勝呂はそれを遠い世界のことのように聞いた。おばはんに知らせてやろうという気持も嬉しさも湧いてはこなかった。

冬のうす陽の当たる中庭で彼はシャベルを動かす小使を眺めながら、この老人はいつまでも同じことを繰りかえすのだろうと思う。考えてみると、もう二週間の間、老人は同じ場所を掘っているのだ。まるでポプラを伐れと命じた人間や、こうした時代に陰気な復《ふく》讐《しゅう》でも試みるように掘っては埋め埋めては掘っているみたいだった。

（今後どうしよう）と時々思うこともあった。（これが医者というもんじゃろうか。これが医学というもんじゃろうか）けれどもそうした事を考えるのも気だるかったし、考えてもわかりそうになかった。短期現役を明日にもひかえている現在、凡てはどうでもよいような気さえしてくる。

そうした白々とした空虚感が、時には突然黒い怒りに変ることがあった。勝呂がおばはんを叩いたのも、そんな感情にかられてだった。

その日、彼は薬用の葡萄糖の塊りを臨床の時、ひそかにおばはんの枕もとにおいてやった。阿部ミツがそれを横眼でみていたが彼は知らぬふりをしていた。それまでも時々、勝呂はこの施療患者に葡萄糖を与えていたのである。翌日、大部屋に偶然、寄った時、おばはんは細い手を顔の上にのせて眠っていた。彼のやった黄色い糖の塊りが全く手をつけられずに床の上に転っていた。

（甘えとる。俺に頼みさえすればいつでも、もらえると思うとるのじゃろう）彼が与える葡萄糖はおばはんにとって他の患者から食料をもらう貴重な交換物資だと勝呂は知っていたから、余計にムッとした。

その午後、大部屋全部の血沈検査があった。検査場にミツはあらわれたが、彼女の姿は見えない。

「おばはんは?」

「あの人は気分の悪か、と言いよります」

勝呂はがらんとした大部屋に出かけた。布団が散乱していて、おばはんが独りだけベッドの上にだらしなく坐っていた。こちらに背をむけて葡萄糖を両手にかかえてネズミのように齧《かじ》っている。その卑屈な姿や黄色い乱れた髪をみると勝呂は言いようのない、あさましさを感じた。

「なぜ来ん」

「へえー」おばはんは両手で口を押えたまま返事をしなかった。

「来いと言うとるのに」

勝呂が思わず彼女の手を荒々しく引くと、おばはんは垢じみた布団の上に倒れた。その怯えた顔を彼は平手で撲った。

おやじは近頃、ほとんど研究室に来なくなった。週二回の回診は彼に代って柴田助教授がやるようになった。田部夫人がこの前まで寝ていた病室ではベッドからマットがはずされて床の上に投げだされている。泥靴の痕のついた新聞紙が二、三枚、散らばっていた。オペには失敗したとはいえ、おやじが姿を見せなくなると、研究室も看護婦室も病棟も、すべてがだらしなく乱雑になってくる。破れた窓にも廊下にも白い埃がたまり、付添婦たちは仕事を怠り、患者も安静を守らなくなった。

「日本もこの第一外科も、もうガタガタやな」戸田は火のない部屋の中で足ぶみをしながら自嘲する。「もう、なるようになれ。お前も早く見習医官になってこんな所、出てしまえ」

「なるようになれ、か」勝呂は眼をしばたたきながら「俺あ、もうどうでもよいんや、それにしても、お前あ、どうして短期現役を志願せん」

医学部の研究員は短期現役に志願すればみじかい訓練の後、見習医官になれる筈だった。

「だれ？　俺が？」戸田は例によってうすい嗤いを口にうかべた。「いやだよ」

「でなければ二等兵やろ」

「その時はその時や。俺は兵隊で死んで結構なんや」

「なぜや」

「何をしたって同じことやからなあ。みんな死んでいく時代なんや」

その頃、勝呂はもう一度、トラックで運ばれたアメリカ人の捕虜を、第二外科の入口で見た。二人の若い兵隊があの時と同じように拳銃を腰にさげて車のドアにたっていた。勝呂がその前を通りかかった時、捕虜たちは芋を片手で齧《かじ》りながらトラックに乗りこむ所だった。彼等は自分たちの高い背丈や手脚よりも更に長い、だぶだぶとした作業衣を着せられている。その中の一人は松葉杖をついていた。

この前とちがって彼はこの連中に興味も好奇心も湧かなかった。茶色い顎鬚《あごひげ》をのばした者もいれば、まだ少年らしい顔をしたのもいる。勝呂はこの男たちに憐憫《れんびん》も同情も敵意も憎しみも感じない。路ですれちがったまま、生涯、その顔も忘れてしまう人間にたいするように彼は無関心にそこを通りすぎた。彼等が捕虜であり自分がそうでないことにどんな違いがあるのだろう。勝呂にはそれを感じることさえ気だるかったのである。

捕虜たちを見て一週間ほど過ぎた昼すぎ、久しぶりでF市に長い空襲があった。いつもより敵機の数も多かったから、病院でも患者のうち歩ける者は歩かせ、それが出来ぬ者は担架に乗せて地下室に避難させた。医学部とF市とは二里も離れてるのに窓がふるえるほど重い地ひびきが伝わり、高射砲の炸裂《さくれつ》する音がパアン、パアンと聞えてきた。灰色の雲の中をB29が鈍い眠い音をたてて何時までも飛んでいた。

夕暮になってやっと敵機は南の海に戻っていった。屋上に登るとF市の東西南北から一斉に白煙がたちのぼっている。煙がうすれるたびにダイダイ色の炎がゆれるのがはっきりと見えた。

その炎と煙とがよんだのか、真黒な大きな雲が東の地平線から次第に寄せてきた。灰をまじえた冷雨が一晩中、ふり続いた。病院では大部屋の患者にも軍隊から廻された小さな固パンを五つずつ、特別に配給した。勝呂はその夜、当直だったから下宿には帰らず、ゲートルをつけた脚を毛布で巻いて研究室の机にうつ伏せて眠った。

まだ真暗な朝がた、看護婦に起された。おばはんが死んだのである。大部屋に走って行くと彼女のベッドの周りに蠟燭《ろうそく》が一本、点され、その暗い炎の前にミツが一人、たっていた。ほかの患者たちは知らないのか、知っていても関心もないのか、布団に顔をうずめていた。

勝呂が懐中電燈で照らすと、おばはんは顔を横にして息を引きとっていた。涎《よだれ》が開いた口から流れている。左手をしっかり握っているので指を無理にあけると、昨日の夜、配給された小石のような固パンがこぼれ落ちた。それを見ると勝呂はこの間、人気ない大部屋にかくれて葡萄糖の塊りを前歯でかじっていたこの女のことを、その彼女を平手で打ったことを苦しく思いだした。

「あの旗も息子さんの手もとに届いとりますじゃろ」とミツがポツンと呟いた。

その旗に必勝という文字を書いた時、予感は既にしていたのである。だがそれはオペによる死であり、こんな自然死ではなかった。空襲によるショックと一晩中の冷雨が彼女にいけなかったのだ。

翌日も雨はふりつづいた。勝呂は風邪を引いたのか、ひどく頭痛がした。おばはんの死体はいつか土を掘っていたあの小使の手で木箱に収められた。雨にぬれながら人夫と小使とが箱を運んでいくのを、勝呂は研究室の窓に顔を押し当てて見送った。

「どこへ埋められるんやろ」

「知らんなあ。これでお前の迷いも消えたわけやな」と戸田がうしろから声をかけた。

「執着はすべて迷いやからな」

自分はなぜあのおばはんだけに長い間、執着したのだろうと勝呂は考えた。彼は今、それが初めてわかったような気がする。あれは戸田の言うようにみんなが死んでいく世の中で、俺がたった一つ死なすまいとしたものなのだ。俺の初めての患者。雨にぬれて木の箱につめられて運ばれていく。勝呂はもう今日から戦争も日本も、自分も、凡てがなるようになるがいい、と思った。

五

おばはんの死んだ夜、研究室で寝ていたためか勝呂は風邪をひいた。体にも熱があるらしく非常にだるい。戸田と机を並べて仕事をしていても頭が痛み吐気がした。

「おばはんの結核がうつったんと違うか。そう言えばお前、顔が蒼黒くなってきたぜ」と戸田が言う。そう言われて鏡をみると、自分の顔が蒼黒くむくみ、眼もどんよりと濁っているのがよくわかった。

「柴田先生が呼んどられます」

そんなある日、看護婦がドアから顔をだして声をかけた。あのオペの日に血圧の係をやったプレである。

「なに？　今、すぐかいな」

「はあ、今、すぐと言うとられます」

「俺、頭痛するねんけんど」

体のだるさを我慢しながら戸田と第二研究室にはいると、柴田助教授と浅井助手との横に太った赤ら顔の医官が丸腰のまま腰をおろしていた。医官は勝呂たちをチラッと見て、

「じゃあ」

と一言、呟くと部屋を出た。

火鉢の中に銀色の炭が青いガスを出して燃えている。卓子の上に煙草の袋と薬用葡萄酒の残った茶碗がおいてあった。

「坐れよ。そこに。今の医官、ほまれを忘れていったぜ」

助教授は廻転椅子を軋《きし》ませながら、しばらく脚をぶらぶらと動かしていた。

「戸田君、勝呂君、喫えよ。そのほまれ」

浅井助手はたち上ると背をこちらにむけて窓の外を眺めた。二人がなにか言おうとして、その機会を探しているのが戸田にも勝呂にもわかった。

「戸田君の研究題目は空洞誘導療法だったな」助教授は肉のそげた頰につくり笑いを浮べ

た。「進んでいるかね。現在ではあれあ、大変だからなあ。モナルディ氏理論のほかに新しい文献が手にはいったかい」

それには返事をせず、戸田はほまれの袋から煙草をとりだした。火をつけると、この煙草特有の紙臭い臭いがたちこめ、それが炭火の臭気とまざって勝呂の胸をムカムカとさせた。

「勝呂君、俺、やりそこなったよ」

「はあ?」

熱っぽい体のだるさと頭痛とを我慢しながら勝呂はやっと返事をした。

「何ごとですか」

「あの大部屋の患者に先に死なれてなあ。こちらは新しいオペで験してみたかったんだ」

「獲物をとり逃した感じでしょう」と戸田が皮肉な声で言った。

「いや、失恋した気持だそうだ。ねえ、アスプロ」

窓をむいていた浅井助手が女性的な声で応じた。

(早く用件を切りださんもんじゃろうか)と勝呂は炭火の臭気が催す吐気を我慢しながら考えた。だが助教授は茶碗を掌の上にのせて、眼を伏せながらそれをクルクルと廻していた。

「いやね、いずれ、おやじから——明日にでも話があることだがね。実は……」と彼は話しはじめた。「実は君たちにも参加してもらおうか、どうか、随分、相談したんだが」

そう言って彼は口を噤《つぐ》んだ。そしてまた茶碗を掌の上で廻しはじめた。勝呂は頭に滲んだ脂汗《あぶらあせ》を手で拭った。炭火の青白い火が燃え上り、腐った魚のような臭いを漂わした。

「実際、これは滅多にないことだからね。医学者として——つまり、ある意味じゃ、一番願ったりの機会なんだから……」

彼が茶碗を廻すごとに油の切れた椅子がキイ、キイと音をたてた。

「それに君たちも内々、知っているだろうが、おやじは例のオペ以来、権藤教授の第二外科に押され気味だからね。この際、彼等と手を握って西部軍の医官とつき合うのも悪くないし——その好意的な申出をいたずらに断って連中の機嫌を損じる必要もない……。もっとも君たちがイヤなら仕方がないが権藤教授の所も五人、参加するらしいし、こちらもおやじと俺と浅井君と君たち二人で五人になることだから」

「オペですか」と戸田がたずねた。「先生が我々に加われと言われるのは」

「強制しているんじゃない。ただ、承諾しなくても、これは絶対、秘密にしてもらわねば困るぜ」

「何です。それは」

「アメリカの捕虜を生体解剖することなんだ。君」

闇の中で眼をあけていると、海鳴りの音が遠く聞えてくる。その海は黒くうねりながら浜に押し寄せ、また黒くうねりながら退いていくようだ。

俺は何故、この解剖にたちあうことを言いふくめられたのだろうと勝呂は眼がさめた時、考える。言いふくめられたというのは間違いだ。たしかにあの午後、柴田助教授《アスプロ》の部屋で断ろうと思えば俺は断れたのだ。それを黙って承諾してしまったのは戸田に引きずられたためだろうか。それともあの日の頭痛と吐気のためだ。炭火が青白く燃え、戸田の吸う煙草の臭いのために頭はぼんやりとしていた。「どうする。勝呂君」浅井助手が縁なしの眼鏡を光らせながら顔を近づけてきた。「君の自由なんだよ。本当に」あとから部屋に戻って来たあの小太りの医官が笑っていた。

「奴等、無差別爆撃をした連中ですよ。西部軍では銃殺ときめていたんだから、何処で殺されようが同じことですな。エーテルはかけてもらえるんだから眠っている間に死ぬようなもんだ」

どうでもいい。俺が解剖を引きうけたのはあの青白い炭火のためかもしれない。戸田の煙草のためかもしれない、あれでもそれでも、どうでもいいことだ、考えぬこと。眠ること。考えても仕方のないこと。俺一人ではどうにもならぬ世の中なのだ。

眠っては眼があき、眼があくとまたうとうとと勝呂は眠った。夢の中で彼は黒い海に破片のように押し流される自分の姿を見た。

あの日から戸田と勝呂とは研究室で顔を合わせても視線をそらせてしまう。二人でかわす話題もその渦に巻きこまれようとすると、どちらかが急に話を変えてしまった。なぜ自分が助教授の申出を承知したのかも互に打明けなかった。話題がつきると彼等は強張った顔で黙々と仕事にとりかかった。

解剖予定の紙が前日になって、ひそかに浅井助手から、二人に渡された。第一日は捕虜を三名、使う。この解剖を第一外科が担当することになっていた。

解剖と実験の過程は次の通りである。

一、第一捕虜に対して血液に生理的食塩水を注入し、その死亡までの極限可能量を調査す。

二、第二捕虜に対しては血管に空気を注入し、その死亡までの空気量を調査す。

三、第三捕虜に対しては肺を切除し、その死亡までの気管支断端の限界を調査す。

執刀、橋本教授　柴田助教授

第一助手　浅井宏

第二助手　戸田剛

第三助手　勝呂二郎

第一捕虜にたいして行う実験は戦争医学にどうしても欠くべからざる要請だった。普通、血液に代用される生理的食塩水は蒸溜水一〇〇に対して食塩を〇・八五パーセント混合したものである。この代用血液を輸血を必要とする患者にどの程度まで注入することができるか、これは人体を対象とした場合、まだ不明瞭なのである。大体二リットルや三リットルは大丈夫と言われているがそれ以上はわかっていない。

第二捕虜にたいして行う実験は空気を血管に注入するものなのだが、兎の場合は五CCの空気を入れただけで即死してしまう。しかし人体にたいしてはどうか。

第三捕虜にたいする実験こそ肺の外科医がどうしても知りたい問題である。成形手術より更に望ましい肺の切除療法は東北大の関口博士や大阪帝大の小沢教授によって行われたことがあるが、問題の一つは気管支の端をどの程度まで切ってよいかと言うことである。

勝呂はこの予定表を見ながら第一実験と第二実験はおやじではなく、柴田助教授の提案なのだなと考えた。頬肉のおちた助教授《アスプロ》の顔を彼は眼をしばたたきながら想いうかべた。

明日、実験が行われるという日の夜がきた。勝呂はなぜと言うこともなく、引き出しを整理し、机の上を片づけた。戸田は煙草をのみながら、それをジッと見詰めていた。

「俺もう、帰るさかい」と勝呂は言った。

「ああ」

と戸田はうつろな声で答えた。

「さよなら」

「待てや……」

突然、戸田が戸口の方に歩いていく勝呂をよびとめた。

「なんや」

「坐れよ、まあ」

勝呂は坐ったが何も言う言葉はなかった。言えばすべてウソになり、戸田に嘲り笑われるような気がする。

「た、ば、こ」

セルロイドのケースを差しだして戸田は彼が巻いた不細工な煙草を勝呂にすすめた。その一本をとって勝呂はともすれば消えがちな火口を眺め、眺め、黙っていた。

「お前も、阿呆やなあ」

と戸田が呟いた。

「ああ」

「断ろうと思えばまだ機会があるのやで」

「うん」

「断らんのか」

「うん」

「神というものはあるのかなあ」

「神？」

「なんや、まあヘンな話やけど、こう、人間は自分を押しながすものから——運命というんやろうが、どうしても脱れられんやろ。そういうものから自由にしてくれるものを神とよぶならばや」

「さあ、俺にはわからん」火口の消えた煙草を机の上にのせて勝呂は答えた。

「俺にはもう神があっても、なくてもどうでもいいんや」

「そやけれど、おばはんも一種、お前の神みたいなものやったのかもしれんなあ」

「ああ」

彼はたち上り救命袋を持って廊下に出た。戸田はもう呼びとめなかった。

第二章　裁かれる人々

一　看護婦

家庭の事情で二十五歳の時、やっとF市の看護婦学校を終えたわたしは医大病院で働くようになりました。その年の夏、この病院で盲腸を手術して寝ていた上田と知りあったのです。

上田のことは今は忘れたいですし、彼との結婚生活も、一つのことを除いてはこの手記に関係もありませんから詳《くわ》しくは書かないようにしましょう。ただわたしがあの頃あの男のことで思いだすのは残暑の陽《ひ》が流れこむ二階の病室で縮みのシャツと膝《ひざ》まであるステテコを着て横になっていた彼の姿です。背が低くて下腹のつき出たこの人はひどく汗かき性で、いつも暑がっていました。その汗を拭いてやるのが看護婦のわたしの役目の一つだったのです。その時は別にこの象のように細い、とろんとした眼をもった彼に興味も好奇心もなかったのです。

ある日、上田は突然、わたしのお腹に顔をこすりつけて手を握ってきました。

今でもなぜ、その時わたしが承諾したのか、わかりません。二十五歳という婚期におくれた年齢が急に頭に浮んできたし、満鉄の社員だという上田の地位のことも考えたようです。それに恥しいことですが、わたしはその頃、ひどく子供がほしかったのです。どんな男の子でもいいとまでは言いませんが、上田ぐらいの男の子供なら生んでもよかったのです。

蟬《せみ》が病室のむこうで息ぐるしい程、鳴いていました。彼の手は汗でねっとりと湿っていました。

上田の家は大阪でしたから式は薬院町のわたしの兄の家で挙げました。貸衣裳屋で借りた丈《たけ》の短かいモーニングを着た上田が式の間中、しきりに右手で太い首の汗をぬぐっていたのをわたしは今でも覚えています。式がすむとすぐ下関から船で大連にむかいました。上田が満鉄のF市出張所から大連の本社によび戻されていたのです。

私たちの乗ったのはみどり丸という船でしたがその三等船室は満洲開拓団の人たちで一杯で料理場から漂う魚油と沢庵《たくあん》の臭いがひどくこもっていました。

下関よりむこうに出かけたことのないわたしには海を渡ることも、見知らぬ関東州という植民地に行くこともひどく不安でした。うすべりを敷いた床の上に思い思いに行李《こうり》や古トランクをおいて寝ころんでいる開拓団の家族たちの顔をみていると、自分までが内地を離れて遠く出稼ぎに行く一人のような気がします。夜になるとこの人たちは大声をあげて軍歌を合唱しました。上田は船酔にくるしんでいる私の体に触れたがりました。

「いやらし。離して」私は人眼をはばかって彼の太った丸い躰《からだ》を押すのでした。「あんた、どうして三等なんかに乗ったの。帰航費は役所から出たとでしょ」

「大連につけば色々、物入りがあるけんちっとでも金は浮かしとかにゃあならんじゃろ」

それから彼は象のような眼を更に細めて、私の躰《からだ》を舐《な》めるように眺め、「吐気がするのか。まさか、あれじゃなかろうな。ちと早すぎると思うばって……」と言うのでした。一日中船室の丸窓から東支那海の黒い海面が、浮んだり、沈んだり、傾いたりします。その海の動きをぼんやり眺めながら、わたしはああこれが結婚生活なんだと考えたものです。

四日目の朝、大連港につきました。雨が石炭を入れた倉庫の屋根を濡していいます。ピストルを腰につけた兵隊に呶鳴《どな》られながら支那の苦力《クーリー》が痩せた四肢をふんばって大きな大豆《だいず》袋《ぶくろ》を肩に背負い船に登ってきます。「あいつ等、ピアノでも二人で運ぶんだぜ」丸窓に顔を当てているわたしの耳もとで上田が指さしました。

耳の長い驢馬《ろば》に引かせた馬車が幾台も埠頭《ふとう》で客をまっていました。「驢馬じゃなか。満洲馬たい」F市にくる前、四年間もこの大連の本社勤務をしていた上田は港から社宅にむかう路すじで得意そうに説明しました。「これが山県通り。あれが大山通り。大きな路はみな日露戦争の時の大将の名ばつけとる」

「支那人とつき合うこと、あるん?」わたしは不安そうに上田の汗ばんだ指を握りしめ、この男よりこの街で頼る人はいないのだと自分に言いきかせました。

わたし達の家は大連神社のすぐ近くにありました。冬の寒いこの街には木造家屋はありません。わたし達の家も黒ずんだ煉瓦で建てられた小さな平屋で、周りには全く同じ形をした社宅が数軒ならんでいます。部屋数はおのおの二つしかなかったが壁にはペチカという面白い煖房《だんぼう》の設備がとりつけてあるのが面白うございました。

はじめの頃、わたしはこの植民地の街をめずらしく思いました。手入れの行届いたアカシヤの並木もロシヤ風の建物も薄ぎたない日本の街とはちがっています。軍人も市民も日本人であれば肩で風を切って歩き、すべてが活気にみちていました。

「満人はどこに住んどるの」と上田にたずねると、

「街のはずれで」と彼は笑いながら「そらあ、穢《きたな》い所だぜ。大蒜《にんにく》臭うて、お前にゃとても通れんぜ」

そろそろ配給のきびしくなった内地とちがって物価はおどろく程安く、物も豊富でした。「オクサン、魚、アリマスヨ」毎朝、鮮魚や野菜を売りに来る支那人たちも値切れば値切るほど、こちらの言いなりになります。十銭で大きな伊勢海老《いせえび》の一、二匹は買えるのです。

「奴等になめられちゃ、つまらんぞ、物を買う時にゃ、きっとまけさせにゃ、いかんぜ」

毎朝、家計簿を調べながら上田はしきりに私に言いきかせました。

上田の言う通りこの街に来て二か月もたたぬ内、わたしは日本人として一番はじめに覚えねばならぬことが満人にたいする態度だとわかってきました。たとえばわたし達の隣りにいる雑賀《さいが》さんの家では十五、六歳のボーイを使っています。庭一つ隔てて、雑賀さんや奥さんがそのボーイを罵《ののし》ったり、叩いたりする音がきこえます。わたしは始めの頃、その罵声《ばせい》を聞くのが怖かったのですが、やがて、それも馴れていきました。叩かねばすぐ怠けるのが満人の性格だと上田も言っていました。一週に三度、わたしの家に女中代りにアマが来るようになると、やがてわたしも彼女を理由もないのに撲るようになれました。

街のうつくしさ、物価の安さ、内地にいるよりも奢《おご》った生活が、わたしをすっかり満足させ、その満足を上田にたいする満足だと考えていました。最初の冬が来ました。ペチカのある室内は日本の家よりはるかに暖かいのですが、蜜柑でも靴でも少しでも水気のあるものが石のようにカチカチに変る十二月――社用だと言って帰宅の遅い上田を待っていますと、粉雪のふる外を遠くから馬車の輪の軋む音、馬を追う鞭《むち》の響きが聞えてきます。わたしは妊娠していましたから、赤坊の産着《うぶぎ》を縫ったりアマに腰をもませたりして、そんな夜を過したものです。

馬鹿なわたしはその時、上田が浪速町《なにわちょう》の「いろは」という料亭の女中の所に通っているのを知らなかったのです。それを初めて教えてくれたのは隣りの雑賀さんの奥さんでしたが、はじめはマサカと思っていました。夫にそれを訊ねると、眼を細くして笑うだけで、笑われるとわたしも信じたくなります。闇夜の中でいじられると情けないことには体は心の言うことを聴かなくなり、もう夫を疑えなくなってきます。

四月、内地は春でしょうが大連の街ではまだ油煙でくろずんだ凍《し》み雪が残っているのです。寒さもまた厳しく、わたしは満鉄病院でお産を待っていました。この病院には満鉄社員の家族はほとんど無料で入院できるから早くはいるのが利得《とく》だという上田の言葉を真にうけたのです。赤坊もほしかったし入院させて女を家に連れこまれているとは夢にも考えていませんでした。

お産のことは今日、これを書いている間も思いだすだけで辛くなります。この手記を読んでくだされば、わたしが子供を持てない女になったため、心にも人生にも罅《ひび》がはいったことがわかってくださるでしょう。赤ちゃんはどうしたことか、わたしのお腹の中で死んでいたのです。

満洲夫《ますお》という名を自分勝手につけて楽しんでいたのですが子供の顔も、体も、遂に見ることはできなかったのです。看護婦学校を出たわたしは、この死産がどういう結果になるかをぼんやりと感じていましたから医者にも泣いて頼んだのですが、結局、母体を救うため女の生理を根こそぎにえぐりとられねばなりませんでした。

「心配することあらへん」上田は象のように細い眼で笑いながら言いました。今、考えると彼は子供が死んだためにかえって、わたしと別れやすくなったと心中、悦《よろこ》んでいたのかもしれません。「お医者はんに訊《き》いたら、あの点は大丈夫じゃげなという話や。なに？あれのことだがな。それに医療費もタダみたいなもんたい。そげん損もしとらんぜ」

その言葉をきいているると突然わたしは彼が女を作っているのだなと気がつきました。雑賀さんの奥さんの言ったことが本当だったのです。けれどもふしぎに怒りの気持も嫉妬《しっと》の情も起きませんでした。女の生理を根こそぎにえぐりとられたあとの、ポッカリと穴の開いたような感じ――そのうつろな感じがわたしを、すっかり打ち倒していました。石女《うまずめ》ならまだいい。いつかは手術によって母親になれるでしょうに。母性を奪《と》られたわたしは生涯、片端の女として生きていかねばなりません。

退院した日、一か月ぶりで外に出ると大連にも春が訪れていました。街の曲り角を綿毛のような猫柳の花が風に送られて飛び、その白い花びらが迎えにきた上田の汗ばんだ頸をかすめ、支那人のアマの持ったトランクの上に舞いおりていきます。トランクの中には役にたたなかった赤坊のおむつや産着がはいっているのをわたしは唇を嚙みしめながら怺《こら》えたものです。

それから二年後、わたしは上田と別れました。別れ話が持ちあがった時、わたしも人並みにわめいたり泣いたりしましたが、そうしたくどい経過を書くのは、この手記を長くするだけですから省くことにします。ふしぎなことですが、あの二年間のことで特に思いだすことはほとんどないのです。今、強いて思いだそうとしても、眼に浮び上ってくるのは上田の白い体が益々、肥えはじめたこと、彼が血圧を気にして毎日「ベルゲール」という茶色い液体の薬を飲んでいた姿ぐらいです。夫婦生活が心臓にわるいことを口実にして上田は夜おそく帰宅しても、すぐ鼾《いびき》をかいて眠ってしまうようになりました。(本当は料亭「いろは」の女に精力をすいとられているぐらい、わたしにはわかっていたんです)、閨のなかで熱っぽい大きな体がこちらに転がってくるのを、わたしは何度も押しかえしました。気持の上では勿論、生理的な欲望の点でも、もう、この男に執着はありませんでした。子供を産めないと言う諦めがわたしの性欲まですっかり消していたのでしょう。それにも拘らず、その後二年もの間、彼と生活したのは、むしろわたしの弱さ、世間体だけのためと思います。こんな植民地の街で男に棄てられて内地に帰っていく多くのみじめな女の一人になりたくなかったのです。

上田と別れると、わたしは三年前と同じ「みどり丸」の甲板に靠《もた》れて大連を離れました。あの日のように雨が黒い倉庫の屋根を濡らし、憲兵に呶鳴られながら苦力《クーリー》が大豆の袋を背負って働かされています。もう二度とこの景色も街の姿も見ることはないと思うとわたしの気持はかえって、さっぱりとしました。

F市に戻ると、戦争はすっかり南の方まで拡っていて、街は軍人や職工であふれていました が、生活はくるしくなる一方で大連を思いだすと、まるで天と地のような違いです。兄も義姉も出戻りのわたしを見ていい顔をしませんし、わたしもわたしで勝気なものですからカッとして大学病院に看護婦として働くことがきまると、彼等の家を飛び出しました。医学部に近いささやかなアパートに部屋を借りたのです。

わたしがこの病院で上田と知りあった四年前に比べると、医局の人も看護婦の顔ぶれもすっかり変っていました。むかし研究員だった医者たちは軍医となって出征していましたし、同僚だった人たちも従軍看護婦として戦地に召集されています。戦争の影響がこんなにまで病院にきているとは大連にいたわたしには夢にも想像できないことでした。第一外科部長だった井上先生がなくなられ、その代りに橋本副部長先生があとを継いだことも勤めてみて初めてわかりました。

上田と別れた以上、どんなことにも我慢して生きていくつもりだったのですが再度の病院勤めはあまりわたしにはたのしいものではありませんでした。看護婦学校時代のずっと後輩が今は病院内をわがもの顔に歩き廻り、何かとわたしに指図をするのです。出戻りのわたしのことは宿直室での噂話にもなっているぐらい知っていました。わたしはアパートの管理人の許しをえて雑種の雌犬を拾ってきました。食料事情が切迫している時、犬を飼うことがどんなに贅沢《ぜいたく》かはわかっていましたが、犬でもいい、生きたものと一緒に居なければこのポッカリとした生活は慰めようがなかったのです。マスという名をその犬につけたのも大連で亡くなった赤坊、満洲夫の思い出です。叱るとすぐ怯えて粗相をし部屋の隅にいくこの犬だけが当時のわたしの愛情の疏通口《はけぐち》でした。けれども夜なんかふと眼のさめる時、アパートから海が遠くないので波のざわめきが聞え、闇の中でその海鳴りをじっと耳にしていると、わたしは言いようのない寂しさにおそわれました。知らないうちに布団の外に手を伸ばして何かを探ろうとしていました。忘れ切った筈の上田の体をまだ探しているのかと気がつくと我ながら情なく涙がながれました。だれか一緒に住んでくれる人がほしい、と真実、そんな時思いました。

今更、この手記で弁解がましいことを書くのは嫌ですが、たしかにあの頃、橋本部長はわたしにとって職業的な先生という以外、なんの関心もない老人でした。一人の看護婦にすぎぬわたしから見ますと教授や助教授という偉い先生たちは階級だけでなく、生れまでもちがう別世界の人のような感じがするものです。そして看護婦とよばれるわたしたちは下女のような役目をするのですしそんな看護婦の一人にすぎぬわたしを橋本部長に結びつけるのは皮肉なことに彼の妻ヒルダさんでした。

ヒルダさんは橋本部長がドイツの大学に留学していた頃、やはり看護婦をしていた女です。この二人の恋愛はむかし看護婦学校にいた時、わたしはきいた記憶がありました。

けれどもはじめて彼女を見たのは病院に勤めて二週間ほどたった夕暮でした。大きなバスケットをくりつけた自転車を押して一人の体格のいい西洋人の女の人が突然、第一外科にやってきました。医局にいた看護婦たちが急に立ち上り、走りだしたのでわたしもあわてて、そちらを見ますと髪を短く切って、ズボンをはいた外国人の女がはいってきました。女というより逞《たくま》しい青年という感じがしたほどです。

「だれ？　あれ」わたしはすこし驚いて、そばにいた河野という若い看護婦にききますと、「あんた、知らないの」彼女はわたしの無知をとがめるように肩をすぼめました。「ヒルダさんよ。部長先生の奥さんじゃないの」

そのヒルダさんは大きなバスケットの中からセロファン紙の包みをだして助手の浅井さんに渡していました。浅井さんはつくり笑いを顔いっぱいに浮べてそれを受けとった。ブラウスに包んだ胸の厚みも、背のたかさもヒルダさんは男の浅井さんを圧倒するようでした。こちらをむいた時、唇に随分濃い口紅をつけているのがわかりました。彼女は看護婦たちに手をふりながら、男のような、大股で廊下に消えていきました。

ヒルダさんの渡したセロファン紙の包みの中には手製のビスケットが山のようにはいっていて、ビスケットなどはその頃、どこにもなかったものですからみんな争って手を出しました。わたしもその一つをたべました。

たべながらわたしは看護婦たちがヒルダさんの話をするのを黙ってきいていましたが、彼女たちはヒルダさんの口紅が濃すぎること、あんなことは日本人の女にはとてもできないと悪口をしゃべり合ったのです。「いい気なもんね」とだれかが呟《つぶや》きました。「ビスケットをふるまったり、大部屋の患者のパンツを洗濯したり、彼女、得意なのよ」

あとでわかったのですが、それはヒルダさんが病院にくるたびに大部屋の患者を見舞うことを非難していたのです。毎月三回、彼女は定期的に病院にやってきます。バスケットをかかえて大部屋にはいります。施療患者たちの汚れた下着を集め、その汚れものを次に来る時、すっかり洗濯して手渡すのです。それがヒルダさんの献身的な仕事でした。

本当をいえば、こうしたヒルダさんの慈善はわたしたち看護婦には有難いことではなかったのです。大部屋の患者たちだって迷惑なことだったでしょう。大部屋には空襲で家族を失った身よりのない老人や老婆が多いのですが、彼等はこの西洋人の婦人が自分に話しかけてくれるだけでも固くなってしまいます。その上古びた行李《こうり》や信玄袋から、ヒルダさんが汚れた腰巻などを引きずりだすと、あわててベッドから這《は》いおりるのでした。

「この儘でようござす。この儘にしてつかあさい」

滑稽《こっけい》なことにはヒルダさんは病人の恥しさや気づまりに気がつかないようでした、男の子のように大股で病院を歩き、ビスケットをくばり、患者をせきたてて汚れ物をバスケットに入れて歩くのです。

こう意地のわるい書き方をしたからと言ってわたしはあの頃、ヒルダさんの慈善行為に決して反感をもってはいませんでした。「実際、頭がさがるねえ。今日も奥さんは施療患者の大野フサの尿器を洗ってやっているんだ。西洋人の奥さんがだよ」助手の浅井さんがいかにも感激したような声をだして、わたし達女の看護婦はいい気なもんだと考えていただけです。だがそれ以上彼女を特別に憎む必要はどこにもなかったのです。

ただ、わたしがこの外人の女にはじめて口惜しい思いをさせられたのは、それとは別の理由からです。あれは何時もと同じような夏の夕暮で、わたしは中庭の階段に腰をおろして両手で顔を覆いながら、ぼんやりと坐っていました。わたしが、考えていたのはあの大連での満鉄病院での生活でした。赤坊を死なしてしまったお産のことでした。

その時、四、五歳ぐらいの男の子が建物のかげから走ってきました。日本人の顔はしているが髪の毛が栗色だったので、わたしはそれがヒルダさんと橋本先生の子だとすぐ気がつきました。自分の赤坊が生きていたならば、ちょうど、この背丈にもなっていただろうという感情がわたしの胸にこみあげてきました。思わず、その子に手をさしのべると、

「触れないで下さい」

突然、頭の上でわたしは母親のきびしい声をきいたのです。口紅を濃くつけたヒルダさんが強張った表情でたっていました。犬をよぶように彼女は口笛を吹いて子供を呼びました。

だがその子は、わたしを眺め、それからヒルダさんの方を振りかえり、しばらく、どちらに行こうかと迷っていました。そしてわたしとヒルダさんとはまるでその子の愛情を賭《か》けてでもいるように睨《にら》みあっていました。なぜその時わたしはムキになったのでしょう。苦しかったお産の日、女の生理をえぐられた思い出が心をかすめました。子を産む能力を

失い、男に捨てられた女が幸福な妻、倖せな母親にもつ口惜しさをわたしはヒルダさんに感じたのです。

「ごめんなさい」子供をだきあげた時、ヒルダさんは流暢《りゅうちょう》な日本語で言いました。「子供が結核にかかりやすいのは、わかりますでしょう。わたしは病院を出る時、いつも手を消毒しますね」

その晩、アパートの部屋でわたしは何時もよりも一層、自分が独りぼっちだなと感じました。マスに御飯をやっている時、この雌犬のお腹に血がついているのを見て、わたしはカッとして手を上げました。四肢をちぢめて犬が怯《おび》えた眼で見あげるのに、幾度もその頭を叩きました。撲《う》ちながら、涙がでてくるのをどうしようもなかったのです。

わたしが急に橋本先生に興味をもちはじめたとしても、それは勿論上役である彼にたいしてではありません。彼があのヒルダの夫だからです。診察着に両手を入れて、病室の前に並んだ看護婦の前をこの老人が通りすぎる時、わたしはその診察着に小さな煙草のこげあとがついているのさえ見逃しませんでした。先生の髪にはもう白髪がまじっています。老けて、くたびれた顔、頰の肉がたるんでいるのです。こんな男をあの青年のようなヒルダさんがどうして愛するのでしょう。彼の指が患者の胸をさわる時、わたしはこの指をヒルダさんが愛撫するのだなという想像をしました。そんな時、彼のYシャツの袖口のボタンが一つ、ちぎれているのを見つけてかすかな悦びさえ感じました。妻のヒルダさんが気づかぬことをわたしが知っていたからです。

戦争はだんだん、ひどくなりました。わたしのアパートも病院も、F市から数里はなれた所にありましたから被害は全くなかったのです。F市はもう幾度かの空襲で街も半ば焼けてしまっていました。薬院町にいた兄は糸島郡の方に半年ほど前疎開したのですが、わたしは一度もたずねてみようと思いませんでした。むこうからも訪れてくることはありません。上田は大連からハルビンに行ったと人の噂で聞きましたが葉書一本くれるではありません。人の縁などは頼りにならぬ世の中、独りぼっちの女のわたしには戦争の成り行きも知らず、新聞一つ読む気も起らず、本当のことを言えばお国が勝とうが負けようが関心もなかったのです。夜、眼を覚ました時に聞える海の音がこの頃、なんだか、大きくなっていくような気がします。闇の中で耳をすましていると一昨夜よりも昨夜の方が、昨夜よりも今夜の方がその波のざわめきが強く思われます。わたしが戦争というものを感じるのはその時だけでした。あの太鼓のような暗い音が少しずつ大きくなり高くなるにつれ、日本も敗け、わたしたちもどこかに引きずりこまれていくかもしれないと思いました。

引きずりこまれてもどうでもいい。病院でも死んで行く患者が多くなっています。特に大部屋で寝ている結核患者たちの中には二週に一度はきまって死ぬ者がいました。この病気には栄養が必要なのですが、この人たちときたら闇の食料一つ買う金がないのです。そ

のくせだれかが死んでも、病人の数はあり余っていたので、ベッドはたえず塞がっていま
す。

新参のわたしは大部屋患者の係りでしたけれども、ここに寝ている人たちをヒルダさんのように助けようという気持にはなれませんでした。義務だけの仕事はやりましたが、それ以上は手をださなかったのです。どうせ何をしたってあの暗い海のなかに誰もがひきずりこまれる時代だという諦めがわたしの心を支配していたのかもしれません。ヒルダさんとの間にふたたび一寸した事件を起したのもそんな気持のためでした。

その日は二階の個室にいる若い人妻が手術《オペ》をするというので看護婦室はガラ空きでした。ヒルダさんが先ほど病院に来た時もいつもと違って誰も迎えにいかなかったほどです。わたし独りだけが宿直部屋で血沈表の整理をしていたのです。「一寸、来てつかあさい」その時、大部屋に寝ている老人がボロボロの寝まきを着たまま顔をのぞかせました。「前橋さんが苦しんどりますけん」

「どうしたの」

「前橋さんが苦しんどりますけん」

大部屋へ行くと五、六人の患者にかこまれた中で、前橋という女は眼をひきつらせ、胸をかきむしって苦しんでいました。看護婦のわたしが見ても自然気胸をおこしたことはハッキリしていました。肋膜に空気が流れこんで放っておくと危いのです。

研究室に走っていきましたが助手の浅井さんも戸田さんも勝呂さんもみんな手術《オペ》にたち合っています。手のあいているのは助教授《アスプロ》の柴田先生だけですが、その柴田先生もどこにも見当らなく、早く空気を抜かねば病人は窒息してしまいますからわたしは手術室に電話をかけたのです。

「浅井先生いる?」

受話器に出た河野看護婦にわたしは早口にたずねました。「病人が一人、自然気胸おこしたんよ」

受話器の奥でなぜか知らないがサンダルの駆けまわる音がきこえました。わたしはふしぎな気がしましたが、それは普通の時は手術室は気味のわるいほど静かだからです。

「何なの、君」突然、怒ったような浅井さんの声が耳もとに響いてきました。ひどく動揺しているような声です。

「大部屋の前橋トキが自然気胸を起したんですけれど」

「そんなの、知らんよ。忙しいんだぜ、こちらは。ほっときなさいよ」

「でも、ひどく苦しんでいますけれど」

「どうせ助からん患者だろ。麻酔薬をうって……」

あとが聴きとれぬうちに、浅井さんが受話器をガチャッと切ってしまいました。（麻酔薬をうって……）とわたしは考えました。（麻酔薬をうって……）

どうせ死ぬ患者だろ、という彼の声が心に浮かびます。黄昏《たそがれ》の陽が研究室の窓からはいって机の上に白い埃が溜っていました。わたしは麻酔用のプロカイン液のはいった瓶と注射針とを持って大部屋に戻ったのですがその時病人のベッドの金具をズボンをはいたヒルダさんが握りしめているのを見ました。

「気胸台《グラース》を早く。看護婦さん」と彼女は叫びました。むかしドイツで病院に勤めていたという彼女は前橋トキが自然気胸を起したことを一目で見てとったのでしょう。突然彼女はプロカインの瓶と注射針に視線をやり、顔色を変えました。突きとばすようにわたしを押しのけると、ヒルダさんは大部屋を走り出て気胸台《グラース》を探しに行きました。

床に粉々に落ちた瓶の破片を集めてわたしは患者たちの視線を背に感じながら看護婦室に戻りました。窓のむこうを夕陽が落ちかかっています。それはあの大連の満鉄病院でわたしが病室からよく眺めたものとそっくりに大きく赤く燃えていました。

「なぜ、注射しようとしました」戸口の所でヒルダさんは男のように腕を組み、わたしに難詰《なんきつ》しました。「死なそうとしたのですね。わかってますよ」

「でも……」床に視線を落したまま、わたしはくたびれた声で答えました。「どうせ近い内に死ぬ患者だったんです。安楽死させてやった方がどれだけ、人助けか、わかりゃしない」

「死ぬことがきまっても、殺す権利はだれもありませんよ。神さまがこわくないのですか。

あなたは神さまの罰を信じないのですか」

ヒルダさんは右の手ではげしく机を叩きました。彼女のブラウスから石鹼の香りがにおいます。日本人のわたしたちが今の世の中では持っていない石鹼。ヒルダさんが大部屋の患者たちの腰巻や下着を洗ってやる石鹼。わたしはなんだかおかしくなってきました。机をたたいているヒルダさんの右手はその石鹼のためか荒れて、砂のようにガサガサとした感じです。白人の皮膚がこんなに汚いとは思いませんでした。うすい金色の生毛《うぶげ》さえその上に生えているのです。最初はおかしかったがそれを聞いているうちに面倒臭くなりはじめました。暗い太鼓のような夜の海鳴りの音がわたしの心に拡ってきました。

その夜、わたしは夜勤でした。真夜中、病院を出てアパートに帰ろうとしますと、真暗な病院の構内を浅井先生が歩いているのにぶつかりました。

「先生、手術は」

「だれ？　あんたは。なんだ。君か」いつもはお洒落《しやれ》の彼が縁なしの眼鏡を鼻の先にずり落しているほど酔っていました。「殺しちゃったよ」

「殺したんですか」

「家族にはまだ秘密だけれどもねえ。おやじの腕ももう駄目だな。あれじゃ、今度の医学部長選挙には権藤教授に押されるさ。どうやら彼の下では、ぼくも出世の見込みがないね」

わたしの肩に手をかけて薬用葡萄酒の臭いを吐きかけながら浅井さんはよろめきました。

「家はどこ？　送っていくよ」

「すぐそこなんです」

「行っていいかい。ぼく」

その晩、浅井さんはわたしの部屋に泊りました。こちらにはどうでも良いことでした。

「君犬を飼っているんだねえ。犬といえばフラウ・ヒルダも飼っていたな。ヒルダか。あいつ今日も病院に来たかい」

「先生、尊敬していらっしゃるくせに」

「尊敬なんかしてるものか。一度あんな白人の女と寝てみたいとは思っているがね」

「橋本先生と、どのように寝るのかしら」

「ヒルダが、か。彼女なんか、かえってスゴいんだぜ。聖女づらした女はね。あの体格をみなさいよ。君ひとつ、部長を誘惑してみない？　ヒルダの鼻をあかしてやれよ」

だが浅井さんに体をいじられても、わたしにはなんの悦びも感覚もありません。わたしは眼をとじ橋本先生が今日手術で患者を殺したことをヒルダさんにどう話しているかと考えました。ヒルダさんの白い手やそのブラウスから漂う石鹼の香りを思いだし、その香りに反抗するためだけに浅井さんにだかれました。

翌日、病院に行きますと、その浅井さんが昨夜とはうって変ったような冷たい表情でわたしを呼びとめました。

「君、大部屋の患者をどうしたの」

「大部屋の患者ですって」

「自然気胸をおこした女だよ。ヒルダさんから電話があったぜ。君をやめさせろと言うんだ」

「わたしは先生がおっしゃったように――」

「先生？　ぼくがか。ぼくは何も言いはしない」

わたしは浅井さんを見つめますと、縁のない眼鏡をキラリと反射させながら彼はわたしからあわてて眼をそらしました。昨夜、この男がしつこいほどわたしの体をいじったのです。

「わたし、やめるんですか」

「やめろと言ってはいないさ。君」

浅井さんは唇に例のつくり笑いをうかべて、

「ただ、フラウ・ヒルダが病院に来ると、うるさいからな。一か月ほど休んでくれよ。あとは、ぼくがうまく処理しておくからね」

その夕暮、アパートに帰るとマスの姿が見えません。管理人にきいても首をふるだけです。この頃は犬さえ殺して食べねばならぬようになったのですから、わたしの留守中、だれかが連れていったのかもしれないのです。部屋の上り口に腰をかけてわたしはしばらくじっとしていました。もう、どうにでもなれ、という気持でした。浅井さんも浅井さんだが、電話をかけてわたしをやめさせようとしたヒルダさんが憎かった。自分一人が聖女づらをするために病院の患者や看護婦がどんなに迷惑を蒙っているのか、あの女は気づかないのです。彼女が母親であり聖女ならば、女の生理を根こそぎえぐりとられたわたしは浅井さんと寝る淫売になってもかまわないと思いました。マスまでがわたしを捨ててどこかに行ってしまったのです。

一か月の間、病院にも行かずアパートのガランとした部屋にいるのは辛かった。仕事をしていれば、むかしのこと、大連のこと、お産の思い出など忘れることができます。けれども何もするわけでもなく敷きっぱなしにした寝床で寝そべっていますと、上田に捨てられた日や子供を死なせてしまったことなどが繰りかえし繰りかえし心に浮んできます。上田にでもいい、もう一度、会ってみたいとさえ考えることがありました。

そんなある夜、浅井さんがまた、たずねてきました。

「話があるんだがね」

「もう、クビでしょ」

「いや」浅井さんは強張った顔をして畳の上にあぐらをかいて、「もっと真面目《まじめ》な話なんだ」

「クビにさせられてまで今更、真面目な話もないわ」

「それなんだが……病院に戻ってもらいたいのさ」

「あたしでも手伝うことが、あるんですかねえ。患者を殺そうとした看護婦よ、あたしは」

米国の捕虜を手術するという話をきいたのはその夜です。第一外科では部長も柴田先生も研究生の戸田さん、勝呂さんもたち合うのだが、手伝う看護婦がいないと言うのです。

「だから、わたしの所に来たというのね」わたしは引きつった声で笑いました。

「そうじゃないさ。国のためだからな。どうせ死刑にきまっていた連中だもの。医学の進歩にも役だつわけだよ」浅井さんは自分でも信じていない理由をあげて、照れ臭そうに、

「手伝ってくれるだろう」

「わたしはなにも国のために承知するんじゃなくってよ。先生たちの研究のためでもなくってよ」

日本が勝とうが、負けようが、わたしにはどうでもいいことでした。医学が進歩しようがしまいが、どうでもいいことでした。

「部長先生はそのこと、ヒルダさんに打明けたかしら」

「冗談《じょうだん》じゃないよ。君も誰にもしゃべっちゃ、いけないよ」

あの夕暮、看護婦室で神さまがこわくないかと叫んだヒルダさんの言葉を思いだして、わたしは微笑しました。それは少し勝利の快感に似ていました。自分の夫がやがてなにをするかヒルダさんは知らない。けれども、わたしは知っています。

「そうね。聖女みたいなヒルダさんではまさか、部長も打明けられないわね」

その夜、浅井さんにだかれながら、わたしは眼をあけて太鼓の音のような暗い海鳴りを聞いていました。ヒルダさんの石鹼の香りがまた蘇《よみがえ》ってきました。彼女の右手、うぶ毛のはえた西洋人の女の肌、あれと同じ白人の肌にやがてメスを入れるのだなとわたしは考えました。

「白人の肌って切りにくいかしら」

「馬鹿な。毛唐だって日本人だって同じだよ」寝がえりをうって浅井さんは呟《つぶや》きました。

わたしはもし、自分があの大連で赤坊を産んでいたならば、上田とも別れなかったろうし、自分の人生もこれとはちがったことになっただろうと、ぼんやり考えたのです。

二　医学生

昭和十年ごろ、神戸市灘区の東はずれにある六甲小学校で髪の毛を長く伸ばしている男の子はぼくだけだった。

今こそ、あの辺りは大きな住宅地になっているが、当時、小学校のまわりはネギ畠と農家とが拡がり、その畠の中を阪急電車が走っていた。生徒の大部分は百姓の子供である。ぼくのように毛を伸ばした児童は一人もいない。銅貨大の禿をこしらえたそれらのイガグリ頭たちの中には背に赤坊を背負って登校する子もいた。授業中に赤坊がオシッコをしたり、泣きはじめると若い教師は当惑したように、

「あやしてこいや」と廊下を指さすのだった。

東京の学校とちがって生徒たちはマサルだのツトムだの、名前を呼びすてにされていた。ただ、ぼくだけが教室の中で「戸田君」と教師から声をかけられる。他の子供たちもそうした差別をとりたてて、ふしぎがりはしない。それはただ、ぼくが百姓の子ではない、というためだった。ぼくの父は学校のすぐ近くに開業している内科の医者だから、師範を出たきりの詰襟の教師たちには医者だの、医学博士だのという看板にやはり敬意をはらったのかもしれぬ。のみならず一年からずっと通信簿で全甲をとっているぼくは体こそあまり強くはなかったが、この小学校では将来、上の学校に進学する、ただ一人の子供だったのだ。

毎学年、学芸会では必ず主役をやらされ、展覧会では絵にも書き方にもきまって優等の金紙をはられるようになると、ぼくは大人たちを無意識のうちにダマしにかかった。大人たちというのは詰襟を着た師範出の教師たちのことであり、また父親や母親のことでもあ

った。どうすれば彼等がよろこぶか、どうすればホメられるかを素早くその眼や表情から読みとり、時には無邪気ぶったり、時には利口な子のふりを演じてみせるにはそれほど苦労もいらなかった。本能的にぼくは大人たちがぼくに期待しているものが、純真であることと賢いこととの二つだと見抜いていた。あまり純真でありすぎてもいけない。けれどもあまり賢こすぎてもいけない。その二つをうまく小出しにさえすれば彼等は必ずぼくをホメてくれたのである。

こう書いたからと言って現在のぼくはあの頃の自分を特に狡い小利口な少年だったと思ってはいない。あなた達も自分の子供のことを思いだしてほしい。多少、智慧《ちえ》のある子供はすべてこの位のズルさは持っているのだし、それに彼等はそうすることによって自分が善い子だと何時か錯覚していくのである。

五年生になった新学期の最初の日、教師が一人の新入生を教室に連れてきた。首に白い繃帯《ほうたい》をまき眼鏡をかけた小さな子だった。教壇の横で彼は女の子のように眼を伏せて床の一点をみつめていた。

「みんな」黄ばんだスポーツ・パンツをはいたその若い教師は腰に手をあてて大声で叫んだ。

「東京から転校してきた友だちや。仲良うせな、あかんぜ」

それから彼は黒板に白墨で若林稔という名を書いた。

「アキラよ、この子の名、読めるか」

教室はすこし、ざわめいた。中にはぼくの方をそっと振りかえる者もいる。その若林という子がぼくと同じように髪の毛を長く伸ばしていたからである。ぼくといえば、多少、敵意とも嫉妬ともつかぬ感情で、その首に白い繃帯をまいた子供を眺めていた。鼻にずり落ちた眼鏡を指であげながら、彼はこちらをチラッと盗み見ては眼を伏せた。

「みんな、夏休みの作文、書いてきたやろ」教師は言った。「若林クンはあの席に坐って聞きなさい。まず、戸田クン、読んでみろや」

新入生のことを教師が若林クンと呼んだことが、ぼくの自尊心を傷つけた。この組で君をつけて呼ばれるのは今日までぼくが一人だけの特権だったからである。

命ぜられるままに、たち上って作文を読みはじめた。何時もなら、この時間はぼくにとって楽しいものなのだ。自分の書いたものを模範作文として皆に朗読することは大いに虚栄心を充たしてくれたのだが、この日は読みながら、心は落ちつかなかった。ななめ横の椅子《いす》に腰をおろした新入生の眼鏡が気になったのである。彼は東京の小学校から来ている。髪の毛を伸ばし、白い襟のでたシャれた洋服を着ている。（負けんぞ）とぼくは心の中で呟いた。

作文の時、ぼくはいつも一、二か所のサワリを作っておく。サワリとは師範出の若い教師が悦びそうな場面である。別に意識して書いたのではないが、鈴木三重吉の「赤い鳥」文集を生徒に読みきかせるこの青年教師から賞められるために、純真さ、少年らしい感情を感じさせる場面を織りこんでおいたのだ。

「夏休のある日、木村君が病気だと聞いたので、さっそく見まいに行こうと考えた」とその日もぼくは皆の前で朗読した。

これは本当だった。けれどもそれに続くあとの部分で、例によってぼくはありもしない場面を作りあげていた。病気の木村君のため、苦心して採集した蝶の標本箱を持っていこうとする。ネギ畠の中を歩きながら、突然、それをやることが惜しくなる。幾度も家に戻ろうとするが、やっぱり木村君の家まで来てしまう。そして彼の悦んだ顔をみてホッとする……

「よおし」ぼくが読み終った時、教師はいかにも満足したように組中の子供を見まわした。「戸田クンの作文のどこがええか、わかるか。わかった者は手をあげよ」

二、三人の子供が自信なげに手をあげた。ぼくには彼等の答えも、教師の言いたいこともほぼ見当がついていた。木村マサルという子に標本箱を持っていってやったのは本当である。だが、それは彼の病気に同情したためではない。キリギリスの鳴きたてる畠を歩いたことも事実である。だが、これをくれてやることが惜しいとは思いもしなかった。なぜならぼくは三つほど、そんな標本箱を父から買い与えられていたからだ。木村が悦んだことは言うまでもない。だが、あの時、ぼくが感じたのは彼の百姓家のきたなさと優越感とだけであった。

「アキラ。答えてみろや」

「戸田クンがマサルに標本箱……大切な標本箱、やりはったのが偉いと思います」

「それは、まあ、そやけれど、この作文のええ所は」教師は白墨をとると黒板に――良心的――という三文字を書きつけた。「ネギ畠を歩きながら標本箱やるのが惜しうなった気持をありのままに書いているやろ。みなの作文には時々、ウソがある。しかし戸田クンは本当の気持を正直に書いている。良心的だナ」

ぼくは黒板に教師が大書した良心的という三文字を眺めた。どこかの教室でかすれたオルガンの音がきこえる。女の子たちが唱歌を歌っている。別にウソをついたとも仲間や教師をダマしたとも思わなかった。今日まで学校でも家庭でもそうだったのだし、そうすることによってぼくは優等生であり善い子だったのである。

ななめ横をそっと振りむくと、あの髪の毛を伸ばした新入生が鼻に眼鏡を少しずり落して黒板をじっと見詰めていた。ぼくの視線に気づいたのか、彼は首にまいた白い繃帯をねじるようにしてこちらに顔をむけた。二人はそのまましばらくの間、たがいの顔を探るように窺いあっていた。と、彼の頬がかすかに赤らみ、うすい笑いが唇にうかんだ。（みんなは瞞《だま》されてもネ、僕は知っているよ）その微笑はまるでそう言っているようだった。

（ネギ畠を歩いたことも、標本箱が惜しくなったことも皆、ウソだろ。うまくやってきたね。だが大人を瞞せても東京の子供は瞞されないよ）

ぼくは視線をそらし、耳まで赤い血がのぼるのを感じた。オルガンの音がやみ、女の子たちの声も聞えなくなった。黒板の字が震え動いているような気がした。

それからぼくの自信は少しずつ崩れはじめた。教室でも校庭でもこの若林という子がそばにいる限り、何かうしろめたい屈辱感に似たものを感じるのである。勿論、そのために成績が落ちるということはなかったが、教師から皆の前でホメられた時、図画や書方が壁にはられた時、組の自治会で仲間から委員にまつり上げられた時、ぼくは彼の眼をひそかに盗み見てしまう。

この子の眼と書いたが、今、考えてみるとそれは決してぼくをとがめる裁判官の眼でもなく罪を責める良心の眼でもなかった。同じ秘密、同じ悪の種をもった二人の少年がたがいに相手の中に自分の姿をさぐりあっただけにすぎぬ。ぼくがあの時、感じたのは心の呵《か》責《しゃく》ではなく、自分の秘密を握られたという屈辱感だったのだ。

この子はだれとも遊ばなかった。休み時間に皆がドッチ・ボールをしていても校庭の隅にあるブランコに靠《もた》れてじっとこちらを眺めているだけだった。体操の時も首に白い繃帯をまいて見学をしている彼の姿が遠くから見えた。組の者から話しかけられても「イヤだ」とか「うん」とか弱々しく答えるのである。ぼくと同じように髪の毛を伸ばし、都会風の洋服を着ていても力も強くなく勉強もあまり出来ないことがわかると皆はこの女の子のように青白い彼を莫迦《ばか》にしはじめる。ぼくもやがて彼を怖れなくなり、あの日の恥しさも怒りも忘れていった。

そんなある日、彼は組にいる百姓の子供たちからイジメられた。放課後の当番が終ったあと、校舎を出て帰ろうとしたぼくは、運動場の砂場で、マサルとススムという子が彼の髪を引張っているのを見た。はじめはあの子もたちむかっていたが、やがて体を突かれて砂の中に仰むけに倒れた。たち上る所をまた転がされる。それを眺めながら、ぼくは喧嘩《けんか》をとめようという気も起きなかったし、あの子を可哀想とも思わなかった。いや、むしろマサルやススムがもっと撲ればいい、髪の毛を引っぱればいいとさえ、考えていたのだ。

教師の影が不意に校舎の窓から見えなかったら、ぼくは運動場にたったまま、しばらくこの争いを眺めていただろう。だがその影が廊下を渡り運動場に出てくるのがわかると、ぼくは急いでたち上り、砂場に走っていった。

「喧嘩はよせ。喧嘩は」うしろで教師が見ているのを充分、意識しながらぼくは声をはりあげた。「マサル。新入生をいじめんとけよ。先生が来はるぜえ」

マサルとススムとは近づいてくる教師をふりむいて顔を真赤にしたが、あの子はまだ砂の中から起きあがらなかった。

「若林クン、どうしてん。大丈夫か」

顔をあげた彼の頬に西陽があたり、砂粒が光っていた。弦《つる》のまがった眼鏡が落ちている。彼の頬についた砂を落してやろうとすると、突然この子は顔をそむけ、手でぼくの手を汚いもののように払いのけた。

「なにすんねん。喧嘩、とめてやったのに」

思わず拳《こぶし》を上げようとした時、教師がすぐ、そばまで近づいているのに気がついた。

「またマサルや」とぼくは独りごとのように呟いてみた。

「一体どうしたんだ。戸田クン」

「はあ、マサルが若林クンのことを……」いかにも困ったようにぼくは口ごもる。「すぐ、止めに走ってきたんですけんど」

ぼくが例の演技をまた始めている間、あの子は西陽にさらされながら教師やぼくの顔ではなく別の一点をじっと凝視《ぎようし》していた。眼鏡をはずした彼の眼は初めて見たのだが、それはまるで、ぼくの心の底を読みとっているような、奇妙な感じを与えた。

「ほんまに世話やかしよって。マサル。ススムもお前も少しは級長のマネをせい。級長の……」

級長とはぼくのことだった。なにも知らぬ教師が彼等を叱りつけている間、あの子は黙って頬の砂を落し、地面に落ちたズックの鞄をひろい、まるで他人ごとのように一人で帰っていった。

翌年の春、この若林は転校した。あの日と同じように教師が首に白い繃帯をまいた彼を教壇に連れていった。あの日と同じように彼は白墨で黒板に足尾という字を書いた。

「ヨシマサ。足尾とは、どういう町かね」

「………………」

「トミオ」

「銅……銅のとれるところ」

「そうだね。この間、お友だちになったのに、若林クンはまた、お父さんの都合で足尾に行くことになりました。だから明日からこの組にはいなくなる」

こんな日には教師は急にやさしくなるものだ。ぼくはこの子が行く銅のとれるという町を心に想いうかべた。その町は小さな禿山にかこまれ、黒い煙突の煙が空をよごしている。その間、彼は女の子のように眼を伏せて床をみつめていた。首には今日も白い繃帯を巻いている。

「戸田クン。皆を代表してサヨウナラを言いなさい」と教師は言った。

「さようなら、若林君」

彼は黙っていた。だが教室を出る時、ふいに首に巻いた白い繃帯をねじるようにしてこちらを向くと、彼はあのうすい嘲笑のような笑みを頬にうかべた。

その日から彼のことを忘れた。少なくとも忘れようとした。午後の教室で、あの子が坐っていた机が一つポッンと空いている。やがて小使がそれを何処かに運んでいった。もう彼のことを気にすることはない。ひそかにその顔を盗み見る必要もない。ぼくはふたたび善い子になりすまし、大声で作文を朗読し、教師からホメられた。

夏休がきた。ある暑い昼さがり、ぼくは学校にちかいネギ畠を一人で歩いていた。草の間でキリギリスが息ぐるしい音をたて、むこうの乾いた路をアイス・キャンデーを売る男が自転車を軋《きし》ませながら曳きずっていった。

その時、突然、ぼくの心に昨年のおなじ夏休に書いた作文のことが蘇《よみがえ》ってきた。木村という子に蝶の標本箱を持って見舞ったことを書いた作文である。あれは皆の前で朗読するために書いたものである。「赤い鳥」文集からおぼえたサワリで教師を悦ばすために書いたものである。その秘密を知っているのは、あの若林という子だけだった。

ぼくは家に走って帰った。部屋の中で自分が一番大切にしている万年筆を探した。父がドイツにいた頃、買ってきてぼくに呉れたものである。ポケットにそれを入れるとぼくは木村の家にまた、走って行った。

「これ、お前にやらあ」

「なんでや」牛小屋の前にたっていた木村は汗まみれのぼくの顔と万年筆とを狡《ずる》そうに見くらべながら、少しあとずさりをした。

「なんでもええんや」

「ふん。そんなら、もらっとくわ」

「ええか。誰にも言うたらアカンぜ。ぼくがやったと家のものにも、先生にも言うたらアカンぜ。アカンぜ」

帰り路、あのネギ畠を戻りながら、ぼくはこの半年の間、自分に屈辱感を与えていたもの、あの子の嘲笑から抜けでられると思った。にも拘らず草の中でキリギリスが暑くるしい声をあげ、アイス・キャンデーを売る男がたちどまって道ばたで小便をしていた。ぼくの心は白々とむなしかった。善いことをしたと言う良心の悦びや満足感は一滴も湧いてこなかった……。


こんな少年時代の思い出はぼくだけではあるまい。形こそ変れ、あなた達だっておそらく持っているものだろう。だがそれに続く次のような思い出は一体ぼくだけのものなのだろうか。それともあなた達もこれと似た経験を心のどこかにしまっているのか。

ぼくが入学したのは御影《みかげ》と芦屋《あしや》との間にあるN中学だったが、この学校は教育ということを上級学校への合格率と混同していたから、ぼく等は五年間の間、カーキ色服を着せられ、烈しい教練と受験勉強だけを毎日、強いられた。クラスも成績順にA組、B組、C組にわけられ、組の名を書いた襟章を囚人のように胸につけさせるのである。

この学校でぼくはB組にいる眼だたぬ平凡な生徒になり下ってしまった。別に勉強を怠けたわけではない。ただ周囲の者たちがあの六甲小学校にくる百姓の子供たちとちがって、どれもこれもぼくと同じような境遇の子であり、教師の心をよむことも、立ちまわりも心得ていたからだ。父が医者だったから、ぼくは自分も医者になるつもりだった。医学という勉強に理想や情熱があったためではない。医者が食うに困らない最も安全な道だと子供の時から信じていたのである。それにやがて徴兵検査を受ける年になれば医学生という経歴は有利なものになると父が言っていた。

学科の中では博物が好きだった。あの木村にぼくは昆虫箱をやったことは既に書いたが、中学にはいっても昆虫を集め、麻酔薬を注射してはナフタリンの臭いのこもった箱に入れて楽しんでいた。

博物の教師は綽名《あだな》をオコゼといったが、それはあの虎魚《おこぜ》という魚のように額も頰骨もとび出た中年の男だったからである。膝の丸くなったヨレヨレの洋服を着て、彼は窪んだ小さな眼をしばたたかせながら、自分の一生は六甲山にいる昆虫の研究に捧げるのだと、生徒に言いきかせるのだった。あれはぼくが四年生の時である。彼は生徒たちに阪神にいる蝶の種類について説明したのち、標本室から風呂敷に包んだ小さな硝子箱を持ってきた。

「これはね、わしが一年前に芦屋川の上流でつかまえたものだがね」彼は得意そうに眼をしばたたきながら一同を見わたすと、硝子箱を瘦せた両手で持ち上げた。

ぼくはそれまで、こんなにふしぎな蝶を見たことはなかった。弓弦《ゆづる》のように引きしぼった大きな羽も、ゆたかに柔らかく膨《ふく》らんだその腹部も全身、銀色なのである。ただ二本の触覚だけが絹糸のように白かった。それはなぜか、ぼくは若い踊子《おどりこ》を――頭に白い羽毛をつけ、銀粉を全身にぬって片脚をかるく上げて、今、空中に飛び上ろうとする美しい踊子を想わせた。

「変種だろうがね。変種にしても珍しい。京大の山口博士もゆずれと言うが、わしはゆずらんでおります」

そう言うとおこぜはいかにも惜しそうにその硝子箱の表面を幾度も手でさすった。

その午後、頭にはあの銀色の蝶がちらつきつづけた。授業もほとんど耳にはいらなかった。あの柔らかな銀色に光った腹部に注射針をさしこむ快感をぼくはほとんど情慾に似た気持で思いうかべていた。

いつものように課外の授業が終ったあと、ぼくは友だちと校門を出た。校門を出た時、教室に弁当箱を忘れたのを思いだした。これはウソではなかった。一人で教室に戻ると、西陽が白い埃を浮かせながら誰もいない机や椅子の上に流れ落ちている。廊下も静まりかえっている。ぼくの足は博物の標本室の方にむいていた。ドアを押すと鍵がかかっていない。おそろしいほど、万事が都合よくいったのである。ナフタリンの臭いのする部屋の中にはさまざまの鉱石や植物の葉をわけた箱が硝子戸棚におさめられて、それに夕陽があたっている。

その隅にぼくはあのおこぜの黒い風呂敷をみつけた。風呂敷を床に捨て、小さな標本箱だけを急いでズックの鞄の中にいれた。誰も見ていない筈だった。ぼくはドアをふたたび、そっと開けたが、廊下は先ほどと同じようにガランとしていた。

翌日、学校に行くと、組の仲間はひそひそと何かを話し合っていた。

「おこぜの奴、あの蝶を盗まれよったんやぜ」

「ふーん。誰が盗んだんや」顔が思わず強張るのを感じて、ぼくは視線をそらした。

「犯人はもう、つかまったわ。C組の山口や。昨日の放課後、標本室から出たの、小使に見られよってん」

ぼくは山口という生徒の小猿のような顔を思いうかべた。そいつはこの中学では一番、学業のできぬ連中のいるC組の生徒だった。中学生の中には必ず卑屈な道化師となって組の人気をえようとする奴がいるものだが、この山口がそうだった。

「それで蝶は戻ったんか」

「それが、あいつ、何処かでなくしたらしいねん。阿呆《あほ》な奴や」

「ふん、阿呆な奴やな」

その日、一日中、教室の窓から、運動場にたたせられた山口の情ない姿がみえた。それを盗み見ながら、ぼくの息は詰まりそうだった。あいつが自分の代りに罰をうけている、なぜ、彼は教師に否定しなかったのだろう。午後になると山口はもう疲れ切ったのか、肩をおとし、背をまげはじめた。
（いいさ。あいつかて、兎も角、標本室に、はいったのやからな、盗みにいったのやから
な）心の苦しさを消すため、ぼくはそんな理窟《りくつ》をつくった。（あいつは莫迦やから見つか
ったんや。見つからなかったら、俺と、おなじやないか）
その日、学校から帰ると、ぼくはあの蝶を箱から出して、庭で火をつけた。メラメラと
紙のように焼けていく羽から銀色の粉が飛び散った。それは風にとばされて消えてしまっ
た。夜になると寝床の中でぼくは右の歯が烈しく痛むのを感じた。夢の中で山口のくたび
れた姿が幾度もあらわれた。
翌日、ぼくは脹《は》れた頬を押えながら学校に行った。校門の所で数人の仲間にかこまれて
何かしゃべっている彼の姿を前に見つけた時、ぼくの足は急にゆっくりと遅れはじめた。
「ほんまに、えらいこと、しよったなあ」
彼等の声はうしろにいるぼくの耳にも聞えた。一日のうちで山口はC組の仲間たちから、
すっかり小さな英雄のように扱われていた。そして彼までがいかにも得意そうに身ぶり、
手ぶりで説明していたのだ。
「おこぜの奴、ほんまに半泣きになりよって、な。おもしろかったぜえ」
「それで、お前、あの蝶、どこにかくしてん？」
「蝶か。あんなもん。溝《みぞ》に捨ててしもうたわ」

ふしぎなことだが、その言葉をぬすみ聞いた瞬間、昨日一日中くるしめていたあの心の呵責も息のつまりそうだった不安も驚くほどの速さで消えてしまった。歯の痛みまでが不気味なほど、軽くなってしまった。こんなことなら、あの銀色の蝶を焼くのではなかったとさえぼくは思った。一昨日やその前の日と同じように、教室で教師の授業を平気な気持でノートにとったり、体操の時間の運動パンツを忘れたことを心配しただけだった。

こんな経験はいくら列記しても仕方があるまい。程度の差こそあれ、これと同じような本質をもった行為はぼくの幼年時代から少年時代をほじくれば幾つでも並べることができるのだ。ぼくはただ、その中から目だったものの一つ、二つ思いだしたにすぎぬ。

そのくせ、長い間、ぼくは自分が良心の麻痺した男だと考えたことはなかった。良心の呵責とは今まで書いた通り、子供の時からぼくにとっては、他人の眼、社会の罰にたいする恐怖だけだったのである。勿論、自分が善人だとは思いもしなかったが、どの友人も一皮むけば、ぼくと同じだと考えていたのだ。偶然の結果かも知れないがぼくがやった事はいつも罰をうけることはなく、社会の非難をあびることはなかった。

たとえば姦通という罪がある。この罪だってぼくは五年前、浪速高校の理科にいた年頃で既に犯していたのだ。それなのに、ぼくはそのために傷つくことも裁かれることもなく平然として生活している。一人の医者の卵として毎日、研究室に通い、患者を診察している。憐憫《れんびん》も同情心もぼくは病人に持ったことはないのだが、その病人たちから平気で「先生」とよばれて信頼されているのだ。

あの姦通を犯した時もぼくは決して自分が破廉恥漢《はれんちかん》だとも裏切者だとも思わなかった。多少の後めたさ、不安や、自己嫌悪はあったが、それもこの秘密がだれにも嗅ぎつけられないとわかると、やがて消えてしまった。ぼくの良心の呵責は長く保ってもせいぜい一か月ぐらいのものだ。ぼくの姦通の相手は従姉である。今、彼女は二人の子供の母親だから、名前もだすまい。詳しくも書かないようにする。その従姉はぼくより五つ年上で、女学校の頃、しばらくぼくの家であずかっていたのである。その頃のことはむこうの方がよく覚えているらしいが、ぼくにはほとんど記憶がない。ぼくが当時の彼女について思いだせるのはあんだ髪を二本、背中にたらして、笑うと真白な歯がみえ、右の頰にえくぼのみえた顔だけだ。女学校を出ると、すぐ結婚してしまったから長い間、会わなかったのである。彼女の夫というのは大阪の私立大学を出て、大津の問屋に勤めている男だった。

浪速高校の理科にいた夏休みだ。急に思いたって大津の彼女の家をたずねてみた。行ってみてぼくはひどく幻滅したのである。従姉はすっかり世帯やつれのした女に変っていた。結婚して二年にもならないのに、生活に追いまくられてひどく疲れた表情をしていた。三間しかない家もちかくの湖のせいか、いやな湿気と便所の臭気とがこもっていた。従姉の夫というのが、また眼のくぼんだ気力のなさそうな会社員だった。何もすることがないから、ぼくは昼間は泳ぎに出かけ、夜になると蚊いぶしの煙に悩まされながら古雑誌を読んだり、持ってきた数学の本を開くより仕方がなかった。襖《ふすま》ごしに従姉夫婦が争うひくい声が聞える。従姉は甲斐性のない夫を口汚く罵っているのだった。

「しっかり、してよ。今の店、やめたって新しい勤める所なんかないやないの」

「大きい声で言いないや」夫が小声で制する声もぼくの耳にはいった。「聞えるで」

彼等が咳《せき》をする音、茶をすする音もそれにまじった。

「ツマらない。ほんまにツマらない」

夫が朝、勤めに出かけると従姉はぺたっと足を横にだして、おくれ毛をかき上げながら溜息をついた。

「やっぱり、女はちゃんとした大学出と結婚すべきねえ」

「だって悪い人じゃないだろ」とぼくは少しとぼけて答えた。

この家から愈々《いよいよ》、引き上げようとした前の日である。その夜、従姉の夫は店の宿直とかで、戻らないことになっていた。従姉とわびしい夜の食事がすむと、もう二人はすることがない。十時ちかくまで彼女の長い愚痴《ぐち》をきかねばならなかった。真夜中、ぼくは彼女が泣いているのを耳にした。湖の音がピチャ、ピチャとなっている。その夜は特にむし暑かった。

「剛さん、そこに行っていい」襖ごしに従姉がかすれた声で言った。「頭がひどく痛むんよ」ながい間、好奇心をもって考えていた情慾が、こんなに索漠とした空虚なものとは知らなかった。

「誰にも言うたら駄目よ。それを約束するなら、なにをしてもええわ」と従姉は言った。ぼくはなんの悦びも感動もなく童貞を失った。

翌朝、くたびれた顔をして彼女の夫が帰ってきた。井戸端に行くと彼はポンプを動かし、大きな音をたてて口を漱《すす》いでいた。

「剛さん、もうあんた、バスの時間でしょう」眉と眉の間に少し苦しそうな皺をよせて従姉はぼくをせきたてた。「あなた。剛さんがもう出発するんよ」

ぼくは鞄をもって彼等の家を出た。湖は黒く汚れ、ゴム靴や材木の破片が浮いていた。その湖のほとりを歩きながらぼくは別に興奮も苦しさも感じなかった。従姉が生涯、昨夜のことを黙っていることはぼくにはわかっていた。あの夫を軽蔑する限り、彼女は自分の過ちを告白など決してしないだろう。秘密がばれるという不安のないことがぼくをすっかり安心させていた。

（あんな汚い家に泊らされたからな。最後の晩で差引き勘定や）むしろ得をしたという気持だった。自分が破廉恥な男であり、一人の男を一生、裏切ったという考えさえ起きなかった。眼のくぼんだあの男をぼくは軽蔑さえしたのである。

これがぼくの犯した姦通である。先にも書いたが従姉は今、二人の子供の母親なのだ。彼女があの夜のことをどれほど苦しんだか、どうか知らない。（おそらく苦しみはしなかったろう）確かなことは彼女がそれを今日まで夫に告白しなかったことだ。相手もまた何も気づいていないことだ。気づかれなかったために従姉は妻として母親として、ぼくは平凡な医学生として今日まで社会で通ってきたのである。

姦通だけではない。罪悪感の乏しさだけではない。ぼくはもっと別なことにも無感覚なようだ。今となっては、これを打明ける必要もあるだろう。はっきり言えば、ぼくは他人の苦痛やその死にたいしても平気なのだ。医学生としての数年間、ぼくは多くの病人が苦しんでいる生活の中で暮してきた。彼等が死ぬのも数多く見てきた。時には手術で患者を殺してしまう場面にもたち会ってきた。それらの一つ、一つにこちらまで頭をかかえるわけにはいかないのだ。

「先生。お願いです。麻酔をうってやってつかあさい」

肺手術後の患者が呻きつづけ、それを聞くに耐えられなくなった家族が泣くように頼んでも、ぼくは冷たく首をふることができる。「麻酔はこれ以上うつと、かえって危険ですよ」だがぼくは内心ではそうした患者や家族の我儘《わがまま》をうるさい、としか思っていないのだ。

病室で誰かが死ぬ。親や姉妹が泣いている。ぼくは彼等の前で気の毒そうな表情をする。けれども一歩、廊下に出た時、その光景はもう心にはない。

こうした、病院での生活、医学生としての日常はいつかぼくにあの他人にたいする憐憫や同情の感覚を磨り減らせていったようである。

佐野ミツにたいしても、ぼくが烈しい責任感さえ感じなかったのはそのためなのだろうか。ミツは薬院町にいた時、ぼくの世話をしてくれた女中だった。佐賀県から出てきた娘で、当時、医学部の三年生だったぼくはこの女中と一緒に小さな家を借りていた。両親に早く死にわかれ、家族といえば兄と小さな妹だけがいるとのことだった。そのミツがある日、洗面所で吐いているのを見た時、ぼくはみじめなほど狼狽《ろうばい》した。彼女の生涯を傷つけたという気持よりは子供が生れては大変だという不安がぼくの頭にまず浮んだのだ。

ぼくは今でもあの夜のことを覚えている。まかり間違えば、あの娘を死なせていたかもしれない危険な方法だった。産婦人科の仲間を誤魔化して借りてきた子宮ゾンデを使って、自分の手で胎児を掻爬《そうは》したのである。局部をよく見るためにぼくは懐中電燈を一つだけ頼りにして汗まみれになりながら血まみれの小さな塊りを引きだしたのだ。こうした不始末を他人に知られまいという気持、一生をこんな娘のために台なしにしたくないということだけがぼくの念頭にあった。血の気の失せた顔を壁に靠《もた》せて、歯を食いしばって我慢しているミツの苦しみにぼくはそれほど心うたれてはいなかった。今、考えても、あの不潔な不用意な方法でよく彼女が腹膜炎を起さなかったと思う。

一か月ほどたってぼくはミツを故郷《くに》に帰した。薬院町の貸家を引越して食事つきの下宿にうつるから、もう女中はいらなくなったのだと口実を作ったのである。本当を言えば二度とこの娘を見たくなかったのだ。三等車がすべりだした時、ミツはいつまでも窓に小さな顔を押し当てた。霧雨が降っていた。その雨の中に汽車が小さく消えると、ぼくは真実、ホッとしたのだ。ぼくは窓に顔を押しあてていたミツの苦しみを考えた。自分が悪いことをしたと思っていた。にも拘らずそれほどの苦痛感は起きてこなかった。

もう、これ以上、書くのはよそう。断っておくが、ぼくはこれらの経験を決して今だって呵責を感じて書いているのではないのだ。あの作文の時間も、蝶を盗んだことも、その罰を山口になすりつけたことも、従姉と姦通したことも、そしてミツとの出来ごとも醜悪だとは思っている。だが醜悪だと思うことと苦しむこととは別の問題だ。

それならば、なぜこんな手記を今日、ぼくは書いたのだろう。不気味だからだ。他人の眼や社会の罰だけにしか恐れを感ぜず、それが除かれれば恐れも消える自分が不気味になってきたからだ。

不気味といえば誇張がある。ふしぎのほうがまだピッタリとする。ぼくはあなた達にもききたい。あなた達もやはり、ぼくと同じように一皮むけば、他人の死、他人の苦しみに無感動なのだろうか。多少の悪ならば社会から罰せられない以上はそれほどの後めたさ、恥しさもなく今日まで通してきたのだろうか。そしてある日、そんな自分がふしぎだと感じたことがあるだろうか。

この冬のはじめのことだ。ぼくは病院の屋上でB29がF市を爆撃しているのをぼんやりと眺めていた。ぼくと勝呂とは対空監視員だったから空襲のたびごとに屋上にのぼるのである。

その日の爆撃は烈しかった。F市の四方からまたたくまに白い煙がたちまちのぼり、炎がゆらぐのがはっきりと見えた。一群のB29が半時間ほど上空を旋回して海の方に消えると、次の編隊がまた西の空から芥子粒《けしつぶ》ほどの姿をみせた。それがたち去ると更に第三の群があらわれる。県庁や市役所の建物も新聞社やデパートも次々に炎と煙とに包まれていくのが、ここからも手にとるようにわかった。

夕暮になって、やっと敵機が姿を消した。すると、おそろしいほど、あたりは静かになった。空がどす黒くよごれ、耳をすましているとパチ、パチと焼ける音にまじって、鈍いうつろな反響が聞えてくる。最初、ぼくはその反響に気がつかなかったのだ。けれどもその虚ろな呻《うめ》き声に似たものは次第にはっきり聞きとれてきたのである。

「あれはなんや」とぼくは勝呂にたずねた。

「建物が崩れる音やろうか」勝呂も耳をすました。「いや、違う。爆風やろ」けれども建物の崩れる音ならばもっと烈しい筈だ。爆風が空襲のあとに聞える筈はない。それは確かに多くの人間たちの呻き声に似ていた。医者であるぼくはあの呻き声は知っている。恨み悲しみ、悲歎、呪詛《じゆそ》、そうしたものをすべてこめて人々が呻いているならば、それはきっと、こんな音になるにちがいなかった。

ていた。そして、それっきり、ぼくはその声を忘れていた。だがその夜、ぼくは寝床の中でふたたび、長い、虚ろな声を耳にした。はじめは下宿からほど遠くない海のざわめきかと思った。だが海のざわめきは別の方角から聞えていた。

「空襲で死んでいく連中の声かなあ」とぼくは呟いた。勝呂は黙ったまま眼をしばたたい

その瞬間、ぼくはあの六甲小学校の頃のこと、西陽の当たっていた標本室、運動場にたたされていた山口の疲れた姿、湖のほとりを歩いた朝、従姉をだいたむし暑い夜、三等車に顔を押しあてたミツの眼、それらすべてが心の中に一時に蘇《よみがえ》ってくるのを感じた。なぜかわからない。ぼくはその時、いつかは自分が罰せられるだろう。いつかは自分がそれら半生の報いを受けねばならぬだろうと、はっきり感じたのだった。今日、人々が炎に追われ、煙に巻きこまれながら息たえていっている時、このぼくだけがかすり傷一つうけず何も犯さなかったように生き続けることはあるまいと思ったのだった。だが、この考えも別に苦痛感を伴ったものではなかった。ただ一に一を加えれば二となるように、二と二とを足したものが四であるように、こうした事実は当然のものとして頭にうかんできたのだ。

それだけのことだ。そして一昨日も柴田助教授と浅井助手とがぼくたちにあの行為をうちあけた時、ぼくは火鉢の中に燃えている青白い火を眺めながら考えていたのである。

（これをやった後、俺は心の呵責に悩まされるやろか。自分の犯した殺人に震えおののくやろか。生きた人間を生きたまま殺す。こんな大それた行為を果したあと、俺は生涯くる

しむやろか）

ぼくは顔をあげた。柴田助教授も浅井助手も唇に微笑さえうかべていた。（この人たちも結局、俺と同じやな。やがて罰せられる日が来ても、彼等の恐怖は世間や社会の罰にたいしてだけだ。自分の良心にたいしてだけではないのだ）

ぼくはなにかふかいどうにもならぬ疲れをおぼえた。柴田助教授からもらった煙草をもみ消して椅子から腰をあげた。

「参加してくれるかね」と彼は言った。

「ええ」とぼくは答えた。答えたというよりは呟いた。

三　午後三時

二月二十五日は今にも雪の降りそうな曇った日だった。勝呂は下宿の洗面所で歯ブラシを使いながら鏡にうつった自分の顔をそっと見つめた。風邪とあれ以来の睡眠不足とのため、眼が充血し、顔も蒼黒くむくんではいたが、それはやはり長年みなれてきた自分の寂しそうな顔だった。

（今日だな。いよいよ今日だな）勝呂は自分にその言葉を言いきかせようとした。だが今となってはなんの興奮も感慨も起きてこなかった。心はむしろ、ふしぎなほど落着いている。

「お早うございます」同じ下宿の学生が作業着にゲートルをはいて洗面所にあらわれた。「雪でも降りゃせんでしょうか」

「そうやな」勝呂は歯ブラシをしまいながら答えた。「君は今日、勤労奉仕は行かんとかね」

「工場が夜勤ですけん。午後から行きます。勝呂さんは?」

「もう出かける」

朝飯はいつも病院の食堂で雑炊を食うことにしていたから、勝呂は霜柱でひどく膨らんだ路をあるいて医学部にむかった。その霜をふみくだきながら、彼は時々たちどまった。昨夜、研究室で戸田が呟いた言葉が心に甦ってくる。「断ろうと思えば今からでも断れるんやぜ」

今、自分が下宿に戻れば……うしろをふりむけば、それでよいのだ、と彼は思った。だが眼の前を霜で鉛色に光った一本路が続いていた。それを真直に行けば医学部の正門にぶつかるのである。

校門の所で、むこうから来る大場看護婦長に出会った。たしか彼女も今日の解剖にたち会う筈である。モンペ姿の彼女は勝呂を能面のような無表情な顔でチラッと見つめたが、すぐ眼をそらし肩を落して先を歩いていった。

研究室の戸を開くと、既に戸田がこちらに背をむけて机にむかっている。勝呂の方にふりむきもせず、声もかけなかった。ひどく真剣な表情でノートになにかを書きこんでいる。その机の上の古い眼覚し時計が九時半をさしていた。あれは午後三時からはじまる予定だった。

その日の三時まで戸田も勝呂もほとんど口をきかなかった。戸田が大部屋に診察に行っている間、勝呂はなにもすることのない机に坐っていた。今日まで研究室に来れば、あれこれと雑用が多かったのだが、なぜか今日はすべてが片付いてしまったような気がする。することは何もなく、自分を待っているものはただ、午後三時のあれだけのような気がする。そして戸田が研究室に帰ってくると、勝呂は思いたったようなふりをして廊下に出ていく。やがて彼が部屋に戻ると戸田はノートを伏せて何処かに行ってしまう。たがいに顔を見ることも言葉を交すことも避けていたのだった。

けれどもやがて三時近くなった時、出て行こうとする勝呂を戸田がドアで遮った。

「おい、なぜ、俺を避けるのや」

「避けてはおらん」

「ハッキリしようやないか」

戸田はしばらく彼の顔を睨みつけていた。だが自分の質問の愚かさに気がついて、彼はひきつったような苦笑をうかべた。二人はそのまま、しばらくの間、ドアの所にたっていた。病棟は不気味なほど静かだった。あと半時間もすればなにが行われるかも知らず患者たちは安静時間の終るのを待っていた。看護婦室からも、もの音ひとつ聞えなかった。

この重くるしかった気持は二人がやがて二階の手術室にのぼっていった時、思いがけなく崩れてしまった。実際、廊下には明かるい笑声がひびいていたからだ。戸田も勝呂も見知らぬ四、五人の将校たちが窓際によりかかり、煙草をふかしながら大声で談笑していたのである。それはまるで将校集会所で会食の席でも待っているような様子だった。

「二時半すぎたか、捕虜《アスプロ》はまだ来んのか」

この間、柴田助教授の部屋に来ていた小太りの軍医が肩にかけたカメラのケースを開きながら舌打ちをすると、

「三十分ほど前に拘禁所は出たと報告がありましたから、おっつけ到着しますでしょう」

チョビ髭をはやした将校が腕時計を見て答えた。

「今日は貴重な写真、是非ともとろうと思うてな」軍医は床に唾を吐き、長靴でそれを踏み消した。

「腕には自信がおありですかな。いい写真機ですなあ」チョビ髭をはやしたその将校がこびるようにたずねた。

「まあ機械だけはドイツ製じゃから……それより今日の小森少尉の送別会はこの病院の食

堂で開くことになったのかな」

「解剖が五時には終ると思いますから、五時半から始めることにいたしました」

「料理は用意してあるのか」

「いざとなれば本日の捕虜の生胆《いきぎも》でも食べて頂きます」

勝呂や戸田には眼もくれずこれら将校たちは声をたてて笑った。手術室の戸はあいていたが、まだおやじも柴田助教授《アスプロ》も浅井助手も姿をみせていない。

「中支ではな……」小太りの軍医が尻をかきながら、話しはじめた。

「実際チャンコロを解剖してその胆を試食した連中がいたらしい」

「案外いけるそうですよ。あれは」とチョビ髭の将校がしたり顔で言った。

「じゃ、今日の会食で一つ、やるか」

その時浅井助手が眼鏡を光らせながらゆっくりと廊下のむこうから歩いてきた。彼は将校の群にむかって例の微笑をつくりながら、

「捕虜はただ今、到着しましたよ」と女性的な声で言った。

「おい、柴田はどうした。柴田は」

「やがて来られます。まあ、せかないで下さい」

そして彼は廊下の壁に怯えたように靠《もた》れていた戸田と勝呂とを両手で招いた。「一寸、

君たち」

手術室に二人をよび寄せると助手は部屋の戸をしめた。

「困るよ。全くねえ。あんなに将校の連中が来られたんじゃ。病棟の患者たちに気づかれるしな。第一、捕虜が警戒しちゃうじゃないか。こちらは大分の収容所に送るための体格検査をするからって、連れてきてるんだよ」彼はそう、不平を小声で洩らすと戸棚をあけてエーテル麻酔薬をとり出した。

「君たちは麻酔をやってもらいたいんだ。いいかね。今日の捕虜は二名だがその一人は肩に負傷しているんだ。こいつは麻酔をかける時治療のためだと言えば怪しまないだろうが、もう一人の奴が騒ぎだすと困るんだよ。だから最初、奴等がきたら僕が軽い診察のマネをするからね。最後に心臓を調べるといって手術台に寝かせてくれないか」

「バンドで縛るんでしょうね。でないと、エーテル麻酔の第一期《グラード》では暴れますから」と戸田が訊《たず》ねた。

「勿論だよ。勝呂君もエーテルの効力順序《グラード》は知っているだろうね」

「はあ」

エーテルが患者をすっかり痺れさせるまでには三段階を経る。しかもこの麻酔は醒め易いから手術中、その浸透力をたえず調べておかねばならないのだ。戸田と勝呂が命ぜられたのはこの仕事だった。

「おやじと助教授《アスプロ》は」

「今、下で手術着に着換えているよ。麻酔がきいてから僕がよびにいく。何しろ、今ここにみんなが集まりすぎると捕虜が怯えるからね」

それらの会話をきくと勝呂はまるで普通の手術にたちあっているような気がしてきた。ただ捕虜という言葉だけが彼のそんな錯覚から突き落した。はじめて自分が今から行うことが、何であるか実感を伴って心に迫ってきた。（俺たちは人間を殺そうとしとるんじゃ）突然、黒い雲のように不安と恐怖とが胸にひろがりはじめた。彼は手術室の戸のノブを握った。だが、その時、戸の外にいた軍人たちのたかい笑い声がふたたび聞えた。彼等の姿やその笑い声は勝呂の心を圧倒し、逃路を防ぐ厚い壁のように思われた。

やがて無影燈のともった手術室の床に患者の血をながす水が乾いた細かい音をたてて流れはじめた。浅井助手も戸田も黙ったまま上衣《うわぎ》をぬぎ、靴をとり、白い手術着と木のサンダルをつけはじめている。

戸をあけて能面のような表情をした大場看護婦長が上田という看護婦をつれてきた。彼女たちもニコリともせず、無言のまま戸棚をあけ、メスや鋏や油紙や脱脂綿を硝子台の上にそろえはじめた。誰もが一言ものを言わない。聞えるのは廊下にいる将校たちの話声と手術室の水の音だけである。

勝呂には大場看護婦長は兎も角、この上田という看護婦《プレ》がなぜ、今日の解剖に加えられたか、わからない。この看護婦は病院に来て日も浅く、勝呂も大部屋を回診する時まれに顔を合わせたことがあるが、いつもどこか一点を見詰めている暗い感じのする女だった。

突然、今まで廊下から聞えていた将校たちの声がやんだ。勝呂は横にいる戸田の顔を怯えた眼で見あげた。戸田は戸田で一瞬、苦痛に顔をゆがませたが、なにか挑むような嗤《わら》いを頰に作った。

手術室の戸をあけて、先ほど腕時計を見ていたチョビ髭の将校が坊主頭をのぞかせた。

「そちらの準備は完了しとりますか」

「入れて下さい」浅井助手はかすれた声で答えた。「何人ですか。二人ですか」

「二人です」

勝呂は壁に靠れて、押しこまれるようにはいって来た背の高い瘦せた捕虜を見た。それは彼がいつか、あの第二外科の入口であった十数人の米兵と同じように草色の身に合わぬ作業服を着た男だった。

彼は手術着を着た勝呂たちを見ると困ったように微笑をうかべた。そして白い壁や部屋の隅を眺めまわした。

Sit down here.

浅井助手が椅子を指さすと、男は長い膝をいかにも不器用にかかえて、素直に腰をおろした。勝呂は昔ゲイリイ・クーパアという俳優の映画をみたことがある。この痩せた米人の顔にも動作にもどことなくクーパアに似ているところがあった。

大場看護婦長が彼の上衣をぬがすと破れた日本製のメリヤス・シャツを着ている。その破れ目から密生した栗色の胸毛が見える。浅井助手が聴診器を当てると、捕虜は迷惑そうに眼をつむったが、突然、部屋に漂った臭いを感じたのか

Ah! Ether, Isn't it?（エーテルだな）

と、叫んだ。

Right, It's for your cure.（そうだ、お前の治療のためだ）

浅井助手の声も聴診器を持った手も流石《さすが》に震えていた。

診察が進むにつれて捕虜は落着きはじめたのか、指図通りに従った。そのやわらかな碧い眼や時々うかべる人懐っこい微笑から彼が勝呂たちを毫《ごう》も疑っていないことがわかった。医者という職業にたいする信頼がこの捕虜をすっかり安心させているらしい。心臓を調べると説明しながら助手が手術台を指さすと、素直に横になった。

「バンドは」戸田が口早やにたずねると、

「あとで、あとで」と浅井助手は小声で制した。「今、やると怪しむぞ。麻酔が第二期にきて痙攣《けいれん》でもはじまったら、その時、すぐ縛るんだ」

「軍医さんたちが入ってもよいかと訊ねています」大場看護婦長が準備室から顔をだした。

「まだだ。あとで僕が合図する。勝呂君、麻酔マスクを用意してくれ」

「俺あ駄目だ。浅井さん」勝呂は泣きそうな声で言った。「出して下さい。この部屋から」

縁のない眼鏡の上から浅井助手は勝呂をじろっと見上げた。けれども彼はなにも言わなかった。

「ぼくがやります。浅井さん」戸田が勝呂に代って十文字の針金を渡した、マスクに綿と油紙とを重ねた。それを見て捕虜がなにかをたずねたが浅井助手はつくり笑いを急いで頬にうかべると手をふった。マスクを顔の上にのせる。エーテルの液体をたらす。捕虜が左右に首をふってマスクをはずそうとした。

「バンドをしめるんだ。バンドを」大場看護婦長と上田看護婦がのしかかるようにして手術バンドで捕虜の足と体とを縛った。

「第一期《グラード》」

戸田は時計を見つめたまま呟いた。第一期《グラード》は患者が麻酔のため失われていく意識と本能的に闘おうとしている時である。

「エーテルの点滴を絶やすなよ」助手は捕虜の手を押えながら注意した。マスクの下から低い動物的な呻き声が洩れはじめた。エーテル麻酔の第二期にかかったのだ。この時、患者の中には呶鳴ったり、歌を歌うものもいる。けれどもこの捕虜は犬の遠吠えに似た声で、長く、途切れ途切れに呻くだけであった。

「上田君、聴診器《ステト》を持ってきてくれ」

上田看護婦からステトを引ったくると、浅井助手は急いでそれを捕虜の毛むくじゃらな胸に当てた。

「戸田君。点滴を続けてくれ」

「大丈夫です」

「脈が遅くなってきたぞ」

助手が押えていた捕虜の両手を離すと、それはだらんと手術台の両側に落ちた。戸田は看護婦長から受けとった懐中電燈でその瞳孔《どうこう》を調べはじめた。

「角膜反射もなくなりました」

「これでようし、効いたなあ。ぼくはおやじと柴田さんを呼んでくる」浅井助手は聴診器をはずすと診察着のポケットに入れた。「エーテル点滴は一応、中止しとけよ。あんまり効きすぎて死んでしまわれても困るからね。大場さん。手術道具の用意をして下さい」

彼は勝呂を冷たい眼でチラッと見たまま、手術室を出ていった。看護婦長も準備室に戻って上田看護婦に手伝わせながら道具をそろえはじめた。無影燈の青白い光が周囲の壁に反射している。壁にもたれた勝呂のサンダルを透明な水がたえずぬらしていく。戸田一人だけが手術台に横たわった捕虜のそばにたっていた。

「こっちに来て」突然戸田はひくい声で促した。「こっちに来て手伝わんかいな」

「俺あ、とても駄目だ」と勝呂は呟いた。「俺あ、やっぱり断るべきじゃった」

「阿呆、何を言うねん」戸田はこちらをふりむいて勝呂を睨みつけた。「断るんやったら昨日も今朝も、充分時間があったやないか。今、ここまで来た以上、もうお前は半分は通りすぎたんやで」

「半分？　何の半分を俺が通りすぎたんや」

「俺たちと同じ運命をや」戸田は静かな声で言った。「もう、どうしようも、ない……わ」

「お釈迦さまはある日……一人の弟子をお見舞になりました……弟子は自分の小便も糞も始末できぬほど苦しんでいました……お釈迦さまはねんごろに見舞い、お前は達者な時には友だちを看病したことがあるかと言われました。このように一人ぼっちで苦しまねばならぬのは……お前が平生、他人を看病しなかった為である。お前は今体の病に苦しんでいるが、三世にわたってつきることのない心の病がある」

表紙のちぎれた本を眼に近づけながら阿部ミツは隣の施療ベッドに横になっている老人のため本を読んでやっていた。そのベッドは一週間前あの空襲の夜、死んだおばはんが寝ていた場所である。午後四時をまだ過ぎたばかりなのに大部屋の中はうす暗く、ミツは窓から洩れる僅かな微光を探しながら本の頁をめくった。

「勝呂先生は今日、なし診察に見えんとじゃろねえ。手術でもあるんじゃろうか」彼女は本を膝の上において老人にたずねた。「あんたもあの先生に、よう、相談しなさいよ。前にそこに寝とった人もだいぶ助けてもらいましたもんなあ」

ベッドに寝そべったまま湯呑みを探していた老人は子供のように肯いた。

「その人もあなた、手術ば受ける前、少しずつ気が弱うなって、あの空襲の夜、死んでしまいました。戦地におる息子に会いたい一心で生きておったんじゃのにねえ」

「わしら」老人は茶碗を両手に持ったままぼんやりと答えた。「いつ、もう死んでもよかやなあ」

ミツはベッドから這いおりると窓に近よった。風の吹いた中庭で長靴をはいた小使がシャベルで黒い地面を掘っている。

「いつまで、この戦争は続くことじゃろうか」ミツは深い溜息をつきながら誰にともなしに呟いた。「いつ終るじゃろうかなあ」

第三章　夜のあけるまで

一

　午後三時、白い手術着を着こんで顔の半ばをマスクで覆ったおやじと柴田助教授が、将校たちにとり囲まれながら姿をあらわした。閾《しきい》のところでおやじは一瞬たちどまり、壁にぐったりと靠《もた》れていた勝呂の今にも泣きだしそうな顔にチラッと眼をやって、急に視線をそらせた。そのうしろから勢よく雪崩《なだ》れこんで来た将校たちは手術台に仰むけに寝かせられた捕虜を見ると一斉に足をとめた。

「もう少し前に集って下さい。前に」彼等のうしろから浅井助手がすこし皮肉な微笑をうかべて、

「死体《ライヘ》には馴れていられるんでしょう、軍人の方たちですからね」

　すると、その助手をふりむいて、チョボ髭をはやした中尉がこびるように、「君い、手術中、写真をとってもいいとかね」

「どうぞ、どうぞ。そりゃ、もう我々の方も第二外科の者が八ミリを持ってきますよ。何しろ貴重な実験でしてね」

「今日は何か」横あいから何時ぞや研究室にほまれを持ってきた丸く肥った軍医が指で自分の坊主頭を指さして「ここを切るんか」

「脳の摘出はやりません。明日、権藤教授と新島教授とが別の捕虜に実験なさるそうです」

「すると、君らは肺だけか」

「はあ。軍医殿には申し上げるまでもありませんがね、他の将校の方たちには御参考までに御説明しておきましょう。本日の捕虜にたいする実験は簡単に申しますと……肺外科に必要な肺の切除がどの程度まで可能か、どうかを調べることにあります。つまりですねえ。人間の肺はどれだけを切りとれば死んでしまうか、この問題は結核治療にも戦争医学にとっても長年の宿題ですから、捕虜の片肺の全部と他の肺の上葉を一応、切りとってみるつもりです。要するにです……」

浅井助手の甘ったるい声が手術室の壁に反響してキンキンと響いている間、おやじは背をまげてじっと床を流れる水を見おろしていた。その落ちた肩が妙にうすくわびしかった。

大場看護婦長だけが無表情な顔でマーキュロ・クロームを手術台に横たわった捕虜の軀《からだ》にぬりつづけている。薬液が太い首や、栗色の毛の密生した厚い胸や乳首の上を赤く染めていくにつれ、まだぬられていない、少し凹んだ腹部の白さがうかび上ってくる。戸田は今はじめてのようにこの捕虜が白人であったこと、日本軍に捕えられた米国の兵士であったことを、今はじめて、その金色のうぶ毛のはえた白い広い腹を見ながら考えていた。

「よか気持で寝とりますやなあ。奴こさん」緊張した空気をほぐすためか、背後の将校の一人がおどけた声をあげた。「もう、あと半時間もすりゃ、こいつ殺されるとも知らん……」

殺されるというその言葉が戸田の胸にうつろに響いてはねかえった。殺すという行為は、まだ実感として心にのぼってはいなかった。人間を裸にする。手術台の上にのせる。麻酔をかける。そうしたことは学生のころから今まで、幾度となく患者にやってきたことである。今日だって同じこと。やがておやじが「礼」とひくい声で呟《つぶや》き、解剖の開始をつげるだろう。鋏《はさみ》やピンセットがカチ、カチと響き、電気メスが乾いた弾けるような音をたててこの栗色の毛に覆われた乳首のあたりを楕円形に切りはじめるだろう。だが、いつもの手術や解剖とそれは何処がちがうのだ。無影燈のまぶしい青白い光も、海草のようにゆっくり動いている白い手術着をきた人間たちの姿も自分には長年、見馴れてきたものである。天井をむいてじっと横たわっているこの捕虜の姿勢だって普通の患者たちと少しも変りはしない。殺すという戦慄《せんりつ》は戸田の心にすこしも湧いてはこなかった。すべてが事務的に機械的に終ってしまうような気がしてならなかった。彼はのろのろとカテーテルの細い管を捕虜の鼻孔にさしこんだ。先端の赤らんだ高い白人の鼻である。これに酸素吸入器をつければ準備は終るのだ。エーテルの麻酔はもうすっかり効いたのであろう、捕虜は管の間から小さな鼾《いびき》をかいて眠っていた。草色の作業ズボンに包まれた脚と両手を厚い皮帯でしっかりと縛られて、彼は周りの者の視線を受けながら天井をむいている。唇のまわりにはかすかな微笑さえ漂っているように思われるほどうっとりとしたその表情だった。

「はじめますかな」

血圧計を調べていた柴田助教授がおやじに声をかけた。床をじっと見詰めていたおやじは突然、体をゆがめて肯いた。「はじめるそうです」浅井助手が叫んだ。だれかがゴクリと唾を飲んだ音がはっきりと聞えるほど静かだった。

「解剖開始《アプロ》は午後、三時八分だね。戸田君記録してくれたまえ」

電気メスを右手に握ると、おやじは捕虜の体にかがみこむように近づいた。戸田は背後でジイーッという八ミリ撮影機の廻る鈍い音をきいた。第二外科の新島助手が解剖の過程を撮《と》りはじめた音だった。すると急に咳《せき》ばらいや鼻をすする音があわただしく将校たちの間からひびいてきた。(俺も今、写されているんやな) 血圧計をながめながら戸田はふしぎな気持に捉《とら》われていった。(ほら、今、俺が血圧計をのぞいたんや。首を動かした。これが人間を殺している俺の姿や。この姿が一つ、一つフィルムの中にはっきりと撮られていく。これが殺人の姿なんかな。だが、後《あと》になってその映画を見せられたとき、別に大した感動が起きるやろか)

言いようのない幻滅とけだるさとを戸田は感じた。昨日まで彼がこの瞬間に期待していたものは、もっと生々しい恐怖、心の痛み、烈しい自責だった。だが床を流れる水の音、パチ、パチと弾く電気メスの響き、それらは鈍く、単調で、妙に物憂い。それどころか、何時もの手術とはちがって患者のショック死や急激な脈や呼吸の変化を怖れるあの張りつめた緊迫感が今この手術室のどこにもなかった。捕虜がやがて死ぬことはだれでもが知っている。別に生き伸びさす理由は少しもない。そのために電気メスを握るおやじの動きにも、コッフェルをとめている浅井助手、立会の柴田助教授、ガーゼや器具をそろえている大場看護婦長の動作にもどこか、投げやりな、のろのろとしたところがあった。

八ミリの廻転する音がメスや鋏の音にまじって相変らずなり続いている。(新島の奴、どんな気で撮しているんやろ)と彼は考えた。(あの音、どこかで聴いたことがあったな。そや。あれは蟬の声や。浪速高校のころ、大津の従姉の家に遊びにいった時、聴いた蟬の声や。いや、なぜ、俺はこんな時、こんなアホくさいことを考えとるんやろ)

首をうしろに廻して、背後にかたまっている将校たちの群をそっと窺うと、左端の眼鏡をかけた若い将校が顔を横にそむけ蠟のように真白くなっている。初めてみた人間の内臓の生々しい模様に貧血を起したものらしい、戸田に見られていることに気がつくと、この男はあわてて体を直立させて眉をしかめた。

その隣りのチョボ髭の中尉の顔は汗と脂とで光り、口を馬鹿のようにポカンとあいていた。彼は前に立っている太った軍医の頭の上に伸びあがるように顔をだし、しきりに唇をなめながら眼の前にくり展げられている光景を一つでも見逃すまいとしている。（馬鹿な奴等や）戸田は心の中でそう呟《つぶや》いた。（ほんまに馬鹿な奴等や）だが彼等がなぜ馬鹿なのか、そういう自分は一体どうなのか、戸田は考えようとしなかった。考えるのは面倒臭かった。

実際、手術室の温度は少し気の遠くなるほど暑かった。室内の空気は重く沈み、どんよりと濁っている。そのために戸田は助手としての自分の役目をしばらくの間、忘れかけていた。

手術台の捕虜が烈しく咳きこみはじめる。気管支の中に分泌物《ぶんぴつぶつ》が流れこんだのである。戸田は浅井助手がマスクを通しておやじにたずねる含み声を聞いた。

「コカインを使いましょうか」

「使わんでいい」おやじは手術台から体を起し、突然怒りのこもった声で呶鳴った。「こいつは患者じゃない」

手術室の一同は、このおやじの烈しい呶声《どせい》に急に静まりかえった。八ミリ撮影機のまわる音だけが、にぶく長く続いた。

壁に靠《もた》れた勝呂の眼の前には将校たちの背がある。彼等は時々、かるい咳ばらいをしたり、疲れた足を動かす。すると、そんな時、その肩と肩との間から前かがみになったおやじと柴田助教授の白い手術着や、手術台にバンドで縛りつけられた捕虜の草色の作業ズボンの色がチラッとのぞき見えるのだった。

「メス」

「ガーゼ」

「メス」

助教授《アスプロ》がひくい嗄れた声で大場看護婦長に指図している。

（この次は切除剪《せつじょせん》ば使うて肋骨《ろっこつ》を切りとる時じゃ）

医学生の勝呂には、助教授の声だけで、おやじが捕虜の体のどこを切っているか、これから何を行うのかはっきり想像することができた。

勝呂は眼をつむった。眼をつむって、自分が今、立ち合っているのは捕虜の生体を解剖している現実ではなく、本当の患者を手術するいつもの場面なのだ、そう思いこもうとした。

（患者は助かるばい。もうちとすりゃ、カンフルばうって新しか血液を補給してやるとやろ）彼は無理矢理に心の中で想像してみた。（ほら、大場看護婦長の跫音《あしおと》のきこえるが。あれあ患者に酸素吸入器ばかけてやるとじゃ）

だが、その時、骨の砕けるにぶい音と、その骨が手術皿に落ちる高い音とが手術室の壁に反響した。エーテルが途切れたのであろう、突然、捕虜がひくい暗い呻《うめ》き声をあげた。

（助かるばい。助かるばい）

勝呂の胸の鼓動も心の呟きも速度をました。（助かるばい。助かるばい）けれども、とじた勝呂の眼の裏に、あの田部夫人の手術の場面がふと甦ってきた。柘榴《ざくろ》のように切り裂かれた夫人の死体《ライヘ》を真中にかこんで、だれもが、かたい表情で壁に靠れていたあの夕暮のことである。無影燈の光を反射させながら床を流れる水だけが、微かな音をたてていたあの手術の場面である。その死体《ライヘ》をあたかも生きているように見せかけながら、病室まで運んでいった大場看護婦長。「手術は無事に終りましたよ」暗くなった廊下の隅で作り笑いを唇にうかべながら浅井助手が家族に言いきかせていた。

（助かりゃせん）

無力とも屈辱感ともつかぬものが急に息ぐるしいほどこみあげ勝呂の胸を締めつけてきた。できることなら手を上げて前に並んでいる将校たちの肩を突きとばしたかった。おやじの肋骨刀を奪いたかった。だが眼をあけた彼の前には将校たちのいかつい肩ががっしりと幅ひろく並んでいた。その腰にさげた軍刀も鉛色ににぶく光っていた。

一人の若い将校が、ふいにこちらをむいて、手術着を着たまま自分たちの背後にたっている勝呂を怪訝《けげん》そうに眺めた。その眼は急に勝呂を詰問するような憤怒の色に変った。

（怖しいのだな、貴様）とその眼は言っていた。（それで貴様、日本の青年といえるか）

その視線を額に痛いほど受けながら、勝呂はここにいる全員にとって自分が役にもたたぬ一医員としかうつらぬこと、手術の不参加を助教授に断れなかった無気力な男だったことに気がついた。

(俺あ、なにもせん)彼は手術台の方をむきながら、その草色のズボンに呻くように呟いた。

(俺あ、あんたに何もせん)

だが、その時、

「捕虜の左肺は全部とり、唯今、右肺の上葉を切断中です。従来の実験では両肺は二分の一以上、同時に切れば即死ということになっております」浅井助手の声がキン、キンと響いた。

すると将校たちの長靴がいやな響きをたてて軋みはじめた。いつの間にか新島助手の八ミリの音もやんでいる。床をながれる水だけが乾いた響きをたてて手術室に拡がっていた。

「四十……三十五……三十」戸田が血圧計を読みあげる。

「三十……二十五……二十……十五……十……終りです」

事務的に戸田はこちらをむいて報告すると、ゆっくりとたち上った。しばらくの間、沈黙が続いていたがそれから堰《せき》を切ったように将校たちが咳ばらいをしたり、靴の音をたてはじめた。

「終りかね」前列にいた肥った軍医がハンカチで頭を拭いながら訊ねた。「何時だね」

「四時二十八分です」浅井助手が答えた。「手術開始が三時八分ですから、所要時間は一時間と二十分になりますね」

おやじは黙って死体《ライヘ》を見おろした。彼の手にはめた血まみれの手袋には、まだ、光ったメスがかたく握られていた。そのおやじの体を突きとばすように、大場看護婦長がわりこむと白い布で死体を覆った。おやじは一、二歩、よろめくように後退したが、そのまま床にたったまま動かなかった。

手術室の戸をあけて将校たちが廊下に出た時、午後の弱々しい陽がわびしく窓に溜っていた。

その窓をみながら将校たちはしばらく眼ばたきをしたり不機嫌な表情で首をふり片手で自分の肩を叩いて、わざと大きな欠伸《あくび》をしてみせた。

「大したことはなかったですなあ」一人が突然、大声をあげた。だが彼の声はいかにも態《わざ》とらしくうつろに壁にぶつかった。

「村井さん。あんた、ほんに女と寝たあとのような顔をしとるが」

彼は仲間の眼を指さしてふしぎそうに言った。「眼が真赤になっとるが」

だが赤いのは指さされた将校の瞳だけではなかった。他の軍人たちの眼もまたギラ、ギラと光り、みにくく充血している。それは本当に情慾の営みを果したあとのあの血走った、脂《あぶら》と汗との浮いた顔だった。

「ほんに女と寝た顔じゃ」

「小森少尉の送別会は五時からじゃろ。外の空気ば吸いにいこう」

彼等は階段をガタガタいわせながら下りていった。

将校たちが去ったあと、大場看護婦長がそっと手術室から顔をだした。廊下にだれもいないことを確かめると、彼女は上田看護婦と、白い布でなにかを覆った担架車を運びだした。遅れて出てきた勝呂は壁に靠《もた》れて彼女たちが腰をまげて押していくその担架車の軋んだ音をじっと聞いていた。その音は時々かすれたり、途絶えたりしながら鉛色に光った長い、だれもいない廊下のむこうに消えていった。

どこへ行ってよいのかわからない。何をしてよいのかもわからない。手術室の中にはまだおやじも助教授《アスプロ》も浅井助手も、戸田も残っているけれども勝呂はそこへ戻ることはできなかった。

殺した、殺した、殺した、殺した……耳もとでだれかの声がリズムをとりながら繰りかえしている。(俺あ、なにもしない)勝呂はその声を懸命に消そうとする。(俺あ、なにもしない)だがこの説得も心の中で撥《は》ねかえり、小さな渦をまき、消えていった。(成程、お前はなにもしなかったとさ。おばはんが死ぬ時も、今度もなにもしなかった。だがお前はいつも、そこにいたのじゃ。そこにいてなにもしなかったのじゃ）階段をおりる自分の靴音を聞きながら彼は二時間前、あの米兵がなにも知らず、ここをのぼってきたのだなと思った。と、勝呂の眼にあの途方に暮れたような表情をした米国人捕虜の姿がはっきり浮かんだ。それから突然、手術室で四肢を切断した血まみれの肉塊の上に白布をすばやく覆った大場看護婦長のことが蘇《よみがえ》ってきた。

烈しい嘔気《はきけ》が彼の咽喉《のど》もとにこみあげてきた。窓に靠れて彼は自分が医学部の学生の頃から血にまみれた肉や四肢を見なれてきた筈だと言いきかせようとした。にもかかわらず、あの血の色、あの肉の色は手術の時や死体解剖の時に眺め続けてきたものとはちがっていた。おそらく、この嘔気は肉塊や血の色ではなく、それをかくそうとした大場看護婦長のみにくい動きを思いだして起ったのだろうか。

窓のむこう、暮れかかった空の中で配電所の電線がブルン、ブルンと鳴っている。その曇った寒い空を小鳥が二、三羽横ぎり、消毒室の煙突から煙がゆっくりと昇っている。遠くの裏門からモッコやシャベルをだらしなく曳きずった看護婦の群が戻ってくる。すべては昨日や一昨日とおなじように平凡な冬の夕暮の病院風景である。

手すりに靠れて彼は急に襲ってきた二度目の眩暈《めまい》の去るのをじっと待っていた。それから一歩、一歩階段をおりていった。

中庭にはもう、将校たちの姿はみえない。裏門からはいってきた看護婦たちがモッコを芝生の上に並べると手拭いで顔をふきながらこちらに近づいてくる。本能的に勝呂は彼女たちに顔をかくして、逃げるように足早やに歩いた。

「先生」芝生の石に腰をおろしていた看護婦の一人があかるい声をかけた。「大部屋の部長回診、今日もありませんとでしょ」

勝呂は黙っていた。(なんでもないじゃないか。看護婦《プレ》たち、なにも知らんに、俺あどうして顔をかくすのじゃろ)

「先生、行ってくださいますか」

「ああ行く」

そうだ。今日、一日、大部屋にまわることをすっかり忘れていたのだな。だが今更、大部屋に行ってどうなる。まるで何もなかったように患者たちと話をしたり、レントゲンをかけたり、検査表を作る。明日からふたたびあの研究生としての生活がはじまる。おやじも柴田さんも浅井さんも戸田も皆、もとのように回診をしたり、外来患者を診たりするのだろうか。それができるのだろうか。あの栗色の髪の毛をした善良そうな捕虜の顔は彼等の頭からすっかり消えてしまうのだろうか。だが、俺にはできん。俺には忘れられん。

地面から灰色の切口をみせてポプラの切株がのぞいていた。これはあの年寄った老小使が随分ながい間かかって伐り倒したものである。勝呂はその切株をぼんやりと眺め、おばはんのことをふと、考えた。雨の日に木箱に入れられて運ばれていったおばはん。ポプラ

の樹はもうない。おばはんも死んでしまった。(俺あ、もう研究室をやめよう)

勝呂は心の中で、呟いた。(お前は自分の人生をメチャにしてしもうた)だがその呟きは自分にたいして向けられているのか、だれにたいして言ってよいのか、彼にはわからなかった。

二

手術室を戸田が一番最後に出ると、廊下で浅井助手がガーゼに包んだ手術皿を手に持ったまま唇に微笑をうかべて待っていた。

「戸田君、一寸。これを会議室に持っていってくれませんか」

「はあ」

「軍人さんたちが送別会を開いているんでね」

「なんです。これは?」

「田中軍医の注文のもの。捕虜の肝臓でね」

浅井助手はガーゼをつまみあげると手術皿を戸田にしめした。血で赤黒くよどんだ水の中に暗い褐色の肉塊が浸されていた。

「どうするんです」

「アルコール漬けにして記念にでもとっておくんだろ」

爽《さわや》かな声で助手は答えた。それはまるで患者の死体解剖などをすませた後、次の仕事を説明する時と同じような落ちつきのある声だった。

ぬるんとしたこの肉塊に視線を落した時、戸田は手術台に仰むけになった捕虜の広い腹部の白さをはっきりと思いだした。大場看護婦長がマーキュロ・クロームを塗った時、眼にしみるほど白く見えたあの米国兵の腹のことである。彼はもういない。どこにもいない。この赤黒く濁った水の中に重く沈んでいる肉塊以外にはもう、どこにもいない。本当だろうか。夢でもみているような奇妙な感覚に捉われる。あの白い広い腹部とこの鈍い小豆色の肉とを結びつけることがどうしてもできずに、彼はその不安定な気分の上にしばらくぼんやりとしていた。

「はかないもんだねえ」助手が急に低い声で囁いた。「死体《ライヘ》なんか見なれているぼくたちだが、やっぱり一寸した感傷を覚えるじゃないの」

戸田はそっと眼をあげて、縁なしの眼鏡をすこし鼻に落した浅井助手の顔をぬすみ見た。何処にも変ったところはない。この顔はいつも回診の時、患者たちに口先きだけ愛想のいい言葉を投げかける秀才の顔だ。研究室に口笛を吹きながらあらわれ、検査表を舌うちしながら調べている時の顔だ。一人の人間をたった今、殺してきた痕跡《こんせき》はどこにもなかった。

（俺の顔かて同じやろ）と戸田はくるしく考えた。（変ったことはないんや。どや、俺の心はこんなに平気やし、ながい間、求めてきたあの良心の痛みも罪の呵責《かしやく》も一向に起ってこやへん。一つの命を奪ったという恐怖さえ感じられん。なぜや。なぜ俺の心はこんなに無感動なんや）

「戸田君」助手はまた唇に謎《なぞ》のような微笑をうかべると、手術皿を持った彼の腕を押えた。「話があるんだがねえ。君、大学に今後、残りたい気持はないの」

「大学にですか」

「そう、副手として。柴田さんもこの間からそう言っているんだ。もし君さえ、その気ならね」

「さあ、ぼくより他に適当な人がいるでしょう」助手の言葉の裏にひそむものに気づいた戸田はうつむいたまま、答えた。「勝呂だって」

「勝呂君はダメ。あれは見込みがないよ。君、それに彼、今日、大事な時に何処へ行っていたんだ」

「手術室にいましたよ。うしろで見ていた筈です」

「しゃべらないだろうね、あの男」突然、浅井助手は不安そうに顔をちかづけてきた。

「万一、外部にでも洩れると……」

「大丈夫でしょう。気の弱い男ですから」

「なら安心です。で、今、言ったことだが、よく考えてくれ給えよ。いいかい。君、おやじなんか、もう駄目なんだ。今後は柴田助教授とぼくとがくんで第一外科をたてなおすつもりなんだよ。だから、ぼく等と手を握ってくれれば君の副手推薦なんてチョロいものですよ。それに第一、今日のことでぼく等は今後、一心同体にならなくちゃ、たがいに損だからねえ」

人影のない廊下を助手が去ったあと、戸田は手術皿を手にしたまま、妙に深い疲労を感じていた。

一心同体といった今の浅井助手の言葉——あれはたがいの共犯者意識を利用して俺をだきこみ、事件の洩れるのを防ぎ、今後、自分の第一外科での勢力を更にかためようとする甘い餌ぐらいなことは戸田にもすぐピインときた。

(浅井の奴、手術皿のこの肉のことをどう考えているんやろか)

たった二時間前には生きていたあのおどおどとした鳶色《とびいろ》の眼の捕虜のこと、浅井助手は彼の死をもう忘れているのだろうか。手術室を出るなり、自分の将来の地位をすべてに結びつけて話しのできる彼。そのみごとな割り切りかたを戸田はふしぎにさえ思った。だが俺自身だって、どれほど手にもった手術皿の中の肉塊のことを考えただろう。赤黒くよんだ水に漬けられたこの褐色の暗い塊り。俺が怖しいのはこれではない。自分の殺した人間の一部分を見ても、ほとんどなにも感ぜず、なにも苦しまないこの不気味な心なのだ。

彼は会議室の厚い重い戸を体で押した。三、四人の将校がこちらをふりむいた。料理の皿や酒杯をならべた長い机のかたわらで、彼等は上衣をぬぎ、火鉢の上に手をかざしていた。

「田中軍医はいらっしゃいますか」

「もうすぐ来られるが、何だ」

「御注文のものです」戸田はすこし残酷な快感を味わいながらガーゼをかぶせた手術皿を食卓の上においた。

「御苦労さん」

一人の将校が椅子から立ち上った。その将校は手術中、蠟のように蒼白になっていた男だった。指の先でガーゼをつまんで彼は中を覗《のぞ》くと顔をくるしそうに歪めた。

「なんじゃい。江原少尉」

「捕虜の肝臓です」

戸田は一語、一語はっきりと答えると、しいんと白けた部屋から出ていった。

会議室の戸をしめた時、鉛色に光った廊下が長く伸びていた。誰もいなかった。この廊下を真直ぐに戻ればふたたび、手術室に出る。そう考えると戸田はもう一度、あの室を覗きたいという抑え難い衝動に駆られた。

（もう一度だけ。あのあとが、どうなっているのか見たい）

午後の最後の光が次第に窓硝子から消えようとしていた。静かだった。時々、うしろの会議室から話声がひくく洩れてくる。

彼は階段を一、二歩おりかけて足をとめた。それからくるりと向きを変えると、廊下の壁に反響する自分の靴音を一つ、一つ聞きながら手術室に近づいていった。

ドアはまだ、少し開いたままになっている。そのドアを押すと、鈍い音をたてて軋《きし》んだ。エーテルの臭いがかすかに彼の鼻についた。準備室のしろっぽい机上に、麻酔薬の瓶が一つ、わびしく転っている。

戸田はしばらく、その真中にたっていた。あの捕虜がここで「ああ、エーテル」と叫んだ声が甦ってくる。その子供のような叫び声はまだ耳に残っている。本能的恐怖が心を襲ってきたが、戸田はしばらく、我慢していた。すると小波でも引くようにその恐怖は消え、自分でもふしぎなほど落ち着いてくる。

今、戸田のほしいものは呵責だった。胸の烈しい痛みだった。心を引き裂くような後悔の念だった。だが、この手術室に戻ってきても、そうした感情はやっぱり起きてはこなかった。普通の人とちがって、医学生である彼はむかしからひとりで手術後、手術室にはいることに狎《な》れていた。そういう場合と今、どこがちがうのか、彼にはよく摑めなかった。

（俺たちはここで作業服の上衣をとらせたんや）彼は一つ一つの光景を自分に押しつけな

がら、心の苦しみをむなしく待っていた。(あの捕虜は栗色の毛のはえた胸を女みたいに恥かしそうに両手でかくしとったな。そして浅井助手に指さされて隣の手術室に行ったんや)

彼は手術室の戸をそっとあけた。スイッチを捻《ひね》ると、無影燈の青白い光が天井や四方の壁にまぶしく反射した。罅《ひび》のはいった手術台の上に小さなガーゼが一枚、落ちていた。赤黒い血の痕がついている。それを見ても戸田の心には今更、特別な心の疼《うず》きは起きてこない。

(俺には良心がないのだろうか。俺だけではなくほかの連中もみな、このように自分の犯した行為に無感動なのだろうか)

堕ちる所まで堕ちたという気持だけが彼の胸をしめつけた。彼は電気を消してふたたび、廊下に戻った。

夕闇が既にその廊下をつつんでいる。戸田は歩きかけて、むこうの階段にひびく固い跫《あし》音《おと》を聞いた。その跫音は階段をゆっくりと登ると、この手術室の方向に進んでくる。

廊下の窓に体をよせて戸田は夕闇の中に診察着をきた一人の男が夕顔のように白く近よってくるのをぼんやりと眺めていた。おやじだった。

戸田がそこにかくれているとは気がつかず、おやじは手術室の前にたちどまり、診察着に両手を入れたまま、背を曲げて、じっと手術室の扉とむき合っていた。その顔にははっきり見えなかったが、落した肩や曲げた背や夕闇に光る銀髪は、ひどく老いこみ、窶《やつ》れているように思われた。ながい間、彼は扉をじっと凝視していたが、やがてふたたび靴音をコッ、コッといわせながら階段の方に去っていった。

「先生、大部屋に一寸、行って下さい。今朝から熱をだした患者がいるとですと」背後から看護婦が声をかけた。

「うん」勝呂は顔をそむけて低い声で肯いた。

「今日も浅井先生も戸田先生も皆な見えんとですが、手術でしたか」

「手術じゃない」

「でも看護婦長もおられませんです。あたしたち、急に壕掘りに出されたとですが、どうしたとですか」

勝呂はチラッとその若い看護婦の表情をぬすみ見たが、彼女は無邪気な顔をして彼の返事を待っていた。

「大部屋に行く。俺の聴診器《ステト》、持ってきてくれ」

だが大部屋の戸口にたち、暗い翳《かげ》の中にほの白く浮んでいる、三列のベッドから一斉に患者たちの視線をうけた時、勝呂の足は怯《ひる》んだ。眼を伏せながら彼は真直ぐにベッドとベッドの間を通り抜けた。(俺はもう、この患者たちを見ることはできん)と彼は心の中で

呻いた。（この人たちは、なにも知らんのだ）
　発熱した患者は阿部ミツの真向い、一か月前、おばはんが寝ていた場所にいる老人だった。勝呂を見ると彼は歯のほとんど抜けた紫色の歯ぐきをみせ、顔を歪《ゆが》めてしきりに何かを訴えようとした。
「痰が咽喉《のど》にからむと言うとりますとですが」横あいからミツが声をかけた。「あんたもう大丈夫たい。先生にみんな、まかせときなさいよ」
　勝呂は老人の差し伸べた腕をそっと握った。それは彼の親指と人差指とにすっぽりとはいるほど痩せていた。白い染みがつき、カサカサに皺のよったその皮膚の感触は彼におばはんの腕のことをふと思いださせる。「先生、助けてやってつかあさいよ。助けてやってつかあさいよ」阿部ミツの呟く声を勝呂は眼をしばたたきながら聞いていた。

　大場看護婦長と上田ノブ看護婦とを乗せて昇降機は軋んだ音をたててゆっくりと暗い地下室に降りていった。

「この昇降機たら、嫌な音がするわね。油がきれとるとでしょうか」

　上田看護婦はペンキのすっかりチョロ剝げた鉄板の天井を見あげながら呟いた。

　だが壁にもたれた看護婦長は眼をつむったまま返事をしない。上田ノブにはいつもより看護婦長の顔が痩せこけて、頬骨がひどく飛び出ているように思われる。こんなに近くで彼女の顔をまじまじと見る機会のなかった彼女は、その頭を覆った帽子から幾本かの白髪のまじった髪がのぞいているのに気がついてハッとしたのである。

(まあ、この人て言うたら、ほんなことにお婆さんだったんだわ)意地のわるい眼でノブはジッと大場看護婦長の横顔を見つめた。むかし、結婚する前、ノブがこの病院に籍をおいていた時、大場看護婦長は彼女より四年前にはいった平《ひら》看護婦にすぎなかった。同僚から孤立して、友だちらしい友だちもなく、表情のない顔で歩きまわる彼女は医者たちから重宝がられたが、仲間からは「点かせぎ」と陰口を叩かれていたものだった。ほかの看護婦のようにそっと化粧をしたり口紅をつけることは大場看護婦長にはありえないことだった。ましてこの頬骨のでた暗い顔に男の患者たちが心を惹かれるということも想像できないことだった。

(そやけん看護婦長なんかになれたんだわ)ノブは今あらためて自分の上役になったこの女に嫉妬と憎しみとのまじりあった気持を感じながら心の中でそう、呟いた。

昇降機が地下室にとまるとノブは二人の間におかれた担架車の柄を握ってつめたい廊下に曳きずり出した。薄暗い裸電球が鉄管のむきだした天井にポッン、ポッンと点っている。むかしはこの地下室に病院付属の売店や喫茶室があったのだが、今はそうした部屋も埃《ほこり》だらけにうち捨てられ、空襲のあった場合の患者退避所に使われている。

死体置場は廊下の突きあたりにあるのでノブが担架車をそちらに向けた時、今まで黙っ

て後から監督していた大場看護婦長が、

「反対側です。上田さん」とおさえつけるように命じた。

「あら、むこうに運ぶとじゃなかとですの」

「反対側」

無表情に顔を強張《こわば》らせて看護婦長は首をふった。

「どうしてかしらん」

「どうしてもいいんです。言われた通りにしなさい」

白布をかぶせた担架車は湿ったセメントの臭気がこもる地下室の廊下を、反対側に進んでいった。車を押しながら上田ノブは車の柄に手をかけている大場看護婦長の痩せたかたくなな背中を眺めて、

(この人ったらほんなこと石のようだよ。人間の感情やら何処にあるとかいな)

すると彼女の胸に突然、この看護婦長の石のような白々しい顔を思いきりひきむいてみたい衝動が起ってくるのである。

裸電球の暗い影がそこらに散らばっているセメントの袋やこわれた実験用の机や藁《わら》のはみ出た椅子《いす》の集積に落ちていた。車輪がものうい単調な音をたててきしんだ。

「看護婦長さん」ノブはわざと大場さんとは言わず、看護婦長さんと呼びかけた。「だれから今日のことば相談されましたと？」

だが相手の痩せた背中はこちらをふり向こうともしなかった。彼女はかたくなに車の柄を握ったまま前へ進んでいた。それを見るとノブの唇に思わず皮肉な微笑がうかんだ。

「浅井先生ですの？　あたし浅井先生に打ちあけられましたとよ。浅井先生たら、三日前の晩、ひょっくり、うちのアパートに来られるんですもん。ほんとに驚いたわ。だってえ、浅井先生たらお酒ば飲んで……、あたしに……」

「うるさいわ」突然、大場看護婦長は担架車から手を離した。「車をとめなさい」

「ここに置いて……ええんですの」

「………」

「だれがこの車ば受けとりに来るとですの」

「上田さん、看護婦たちはだまって先生の御命令通りにすればいいんです」

死体にかぶせた白布が闇の中に浮かんでいる。二人の女はしばらくの間、担架車を真中にはさんで、眼を光らせながら睨みあっていた。

「上田さん」大場看護婦長は細い眼でじっとノブを見つめながら「あんた。今日、もう家に帰っていいよ。いうまでもないけど、今日のことば誰にもしゃべるんじゃないよ。もし、あんたの口が軽うかったら……」

「口が軽うかったら、どうなりますとね」

「橋本先生にどんなに迷惑がかかるか、わかっているでしょ、あんた」

「へえ」上田ノブは口をすぼめて「あたしたち看護婦って、それほど先生に御奉公せにゃいかんとですかねえ」

それから彼女は独りごとのように呟いてみせた。「あたしなんか、誰かさんとちごうて別に橋本先生のためだけで今日の手術ば手伝ったんじゃないんですからねえ」

その時、ノブの眼には唇を震わせて口惜しそうに何か言いかえそうとする大場看護婦長の歪んだ顔が見えた。看護婦長がそんなくるしそうな表情を部下にみせたのはノブが病院に勤めてから始めてのことだった。

（あたしの想像した通りやった）ノブの心には相手の急所を遂に突いたという快感がわいてきた。（ああ、イヤらしか。この石みたいな女、橋本先生に惚れとったんだわ）と考えた。

彼女は大場看護婦長にだまって背をむけると、そのまま昇降機には乗らず、最近設けられたばかりの非常階段から中庭に走り出た。

その中庭にはもう夕闇が迫っている。むかし彼女が看護婦学校の生徒だった頃、夕暮になるとこの医学部の建物や病院の窓々にはうるんだ灯がともり、港にはいる満艦飾の船のように見えたものである。それは昔のノブにF市に隣接する博多港の祭りのことをいつも思いださせたものだった。

だが今、暗い灯の洩れているのは病院の受付と事務所だけだった。軍歌を合唱する男たちの大声が聞えてくる。それは第一外科の二階にある会議室からだった。その窓も黒い幕に遮《さえぎ》られているがその隙間からほのかな電気の光がチラついていた。

（今日、手術室に出た軍人たちだわ）とノブは考えた。（いい気なもんね。こちらが大豆しか食べられない時でも、あいつ等、たっぷり飲み食いできるんだから。なにを食べてるのかしら）

すると、ノブの記憶のなかで今日、解剖が終った手術室で浅井助手の耳に一人の肥った軍人が口をよせて小声で囁いていた言葉がゆっくりと浮び上ってきた。「おい、捕虜の肝臓を切りとってくれんかね」「どうするんです」浅井助手が縁なし眼鏡をキラリと光らせると、その小ぶとりに肥った軍医はニヤニヤと嗤った。「軍医殿、まさか、若い将校たちに試食させるんじゃ、ないでしょうねえ」あの時、浅井助手も相手の心を読みとるように唇にうすい嗤いをうかべたのである。

ノブはその会話を思いだして本能的に嫌悪感を感じた。しかしその嫌悪感をのぞくと彼女は、軍人たちが捕虜の肝臓を食べようが食べまいがどうでもいいことだった。看護婦である彼女は患者の手術や人間の血は見馴れていたから、今日、手術台に運ばれた男が米国の捕虜であったにせよ、特に恐怖感も起きようがない。橋本教授が一直線に電気メスをあの捕虜の皮膚に走らせた時、上田ノブの連想したことはヒルダの白い肌のことだけである。彼女が自然気胸をおこした大部屋の患者にプロカイン液を注射しようとした時、烈しく声をあげて机を叩いたヒルダの掌のことだった。そのヒルダの掌とおなじように今日の捕虜の肌も金色のうぶ毛が生えていたのである。

（橋本先生、ヒルダさんに今日のこと言うだろうか。言えないだろうな）ノブはヒルダに勝った快感をむりやりに心に作りあげようとする。（ヒルダさんがどんなに幸福で聖女やかて、自分の夫が今日、何をしたか知らないんだわ。だけど、あたしはちゃんと知ってるんだから。橋本先生が今日、何をしたかはあたししか知らないんだから）

アパートに帰ると部屋は真暗だった。上り口に腰をかけると急に疲労がこみあげてきた。彼女はしばらくの間、靴もぬがず、膝を両手でかかえてじっとしていた。

「上田さあん。配給の石鹸半分、窓ん所においといたよ。あとで金を払ってつかあさい」

管理人の声が廊下の奥からさむざむと聞え、それからバタンと戸がしまるたかい音が聞えた。闇の中で部屋に引きっぱなした布団や食卓が白く浮んでいる。隣家のラジオが金属を引っかくような警戒警報のブザーをたてていた。

（どうなるんかしらん、これから）何時もと同じことだが、病院からこのひえきった部屋に戻るとノブは胸のしめつけられるような寂寥感《せきりょうかん》と孤独な気持に捉えられる。（今日もこれで終ったけど……終ったけど……）

本当に今日もこれで終った。彼女が今、考えているのは、それだけだった。随分、長い間病院に行かなかったので特別に身も心もくたびれたような気がする。明日からまた、大部屋の患者たちの血沈をとったり、痰の始末をしたりせねばならない。ヒルダさんは何も知らずに病院に来るだろう。(いい気味だこと)そして大場看護婦長は……あの女が橋本先生に惚れていたのも、あたしだけが知っているんだわ。

彼女は靴をぬぎ捨てると、風呂敷をかぶせた電燈をひねった。火を起して水に入れた大豆をたき、ひとりぽっちでわびしい食事をする気にもならない。いつものように押入れから、むかし満洲夫のためにつくった産着《うぶぎ》をとり出して、それを膝においたまま、ノブはぼんやりと坐っていた。

闇のなかで煙草の火口が赤く点っている。

「勝呂か」屋上に出た戸田はひくい声で訊ねた。

「ああ」

「お前、煙草、喫ってんのか」

勝呂は返事をしなかった。彼は屋上の手摺《てす》りに靠れて、あごを両手の上においたまま前をむいている。F市は今夜も灯を消して空襲にそなえていた。警報の有無にかかわらず、街は夜になれば、僅かな光さえ外に洩らさない。灯を洩らさぬのではなく、灯をつける家も人間もすっかり死に果てたようだ。

「なにしてんねん、お前」

「なにも、してへん」

だが戸田は勝呂がそこだけ白く光っている海をじっと見詰めているのに気がついた。黒い波が押しよせては引く暗い音が、砂のようにもの憂く響いている。

「明日はまた、回診か」わざと欠伸《あくび》をしながら、戸田はいかにも眠そうに呟いた。「ああ、しんど。ほんまに今日はしんどかったなあ」

勝呂は煙草の火を消して、こちらをふりむいた。彼はコンクリートの床に腰をおろし、両手で膝をだいたまま、うつむいた。

「どうなるやろなあ」と彼はひくい声で言った。「俺たちはどうなるやろ」

「どうもなりはせん。同じこっちゃ。なにも変らん」

「でも今日のこと、お前、苦しゅうはないのか」

「苦しい？　なんで苦しいんや」戸田は皮肉な調子で「なにも苦しむようなことないやないか」

勝呂は黙りこんだ。やがて彼は自分に言いきかせでもするように、弱々しい声で、

「お前は強いなあ。俺あ……今日、手術室で眼をつむっておった。どう考えてよいんか、俺にはさっぱり今でも、わからん」

「なにが、苦しいんや」戸田は苦いものが咽喉もとにこみあげてくるのを感じながら言っ

た。

「あの捕虜を殺したことか。だが、あの捕虜のおかげで何千人の結核患者の治療法がわかるとすれば、あれは殺したんやないぜ。生かしたんや。人間の良心なんて、考えよう一つで、どうにも変るもんやわ」

戸田は眼をあけて真黒な空を眺めた。あの六甲小学校の夏休み、中学の校庭にたたされていた山口の姿、むし暑かった湖の夜、薬院の下宿で小さな血の塊りをミツの子宮からとり出した思い出が彼の心をゆっくりと横切っていった。本当になにも変らず、なにも同じだった。

「でも俺たち、いつか罰をうけるやろ」勝呂は急に体を近づけて囁いた。「え、そやないか。罰をうけても当り前やけんど」

「罰って世間の罰か。世間の罰だけじゃ、なにも変らんぜ」戸田はまた大きな欠伸をみせながら「俺もお前もこんな時代のこんな医学部にいたから捕虜を解剖しただけや。俺たちを罰する連中かて同じ立場におかれたら、どうなったかわからんぜ。世間の罰など、まずまず、そんなもんや」

だが言いようのない疲労感をおぼえて戸田は口を噤《つぐ》んだ。勝呂などに説明してもどうにもなるものではないという苦い諦めが胸に覆いかぶさってくる。「俺はもう下におりるぜ」

「そやろか。俺たちはいつまでも同じことやろか」

勝呂は一人、屋上に残って闇の中に白く光っている海を見つめた。何かをそこから探そうとした。

（羊の雲の過ぎるとき）（羊の雲の過ぎるとき）

彼は無理矢理にその詩を呟こうとした。

（蒸気の雲が飛ぶ毎に）（蒸気の雲が飛ぶ毎に）

だが彼にはそれができなかった。口の中は乾いていた。

（空よ　おまえの散らすのは　白い　しいろい　綿の列）

勝呂にはできなかった。できなかった……

解説

平野　謙

もと九州大学医学部解剖学主任教授の平光吾一は、昭和三十二年十二月の「文藝春秋」に「戦争医学の汚辱にふれて」という文章を発表した。「生体解剖事件始末記」と傍題されているように、その文章はいわゆる九大生体解剖事件の真相を書いたものだが、平光は冒頭に、「文学界」誌上に発表された遠藤周作氏の『海と毒薬』という小説を読んだ時、私は全く自分等の古い傷痕《きずあと》を抉《えぐ》られたような心境だった——と書いている。つまり、生体解剖事件の連累者のひとりだった平光吾一は、遠藤周作の『海と毒薬』をよんで、その背景となった生体解剖事件の真相を、改めて書きとめておこうと思いたったらしい。

事実と小説とを私たちはしばしば混同しやすいが、やはり事実と小説とは截然《せつぜん》とちがうのである。どうちがうか、を読者諸君にのみこんでもらうためにも、私は平光吾一の手記をここに要約しておきたい。

生体解剖事件は、実際には相川事件というそうだが、昭和二十年五月から六月にかけて、本土空襲で捕虜となったB29搭乗員若干名を、九大医学部の一部において、西部軍監視のもとに軍事医学上の実験材料にした事件だった。実験のおもな目的は、人間は血液をどの程度失えば死亡するか、血液の代用として生理的食塩水をどれだけ注入することができるか、また、どれだけ肺を切りとれば人間は死亡するか、というようなことだったらしい。無差別爆撃のすえ捕虜となった敵国人とはいえ、生きた人間を実験材料にして、以上のような目的の手術を、現実に執行したのである。執刀の責任者は石山福次郎第一外科部長という人だったが、石山教授は取調べ中に自裁した。したがって、事件の細部については、不明のままのこともおおいようである。

なぜ九大医学部第一外科部長ともあろう人が、生体解剖というような無慙《むざん》なことをひきうける気になったか。いま書いたように、石山教授は昭和二十一年七月十六日に福岡市の刑務所で縊死《いし》をとげた。その遺書には「一切は軍の命令　責任は余にあり　鳥巣　森　森本　仙波　筒井　余の命令にて動く　願はくば速やかに釈放され度　十二時　平光君すまぬ」と、チリ紙に鉛筆でしたためてあった。つまり、石山教授は生体解剖の直接の責任を一身に負うて、累を他に及ぼさぬように自決したわけだが、こういういかにも日本人ふうな責任の負いかたを、アメリカの検察側が鵜《う》のみにするはずもない。西部軍と九大とあわせて起訴された関係者は三十名に及び、その判決は絞首刑五名、終身刑四名をはじめ、七名の無罪をのぞいただけで、みな重労働三年から二十五年以上の重刑を宣告された模様である。昭和二十三年八月二十七日のことである。

一被告の口供書によれば、生体解剖は前後四回にわたっておこなわれ、合計八名の人命がうしなわれた、という。こういう非人間的な解剖手術の罪責が、その直接責任者の自殺によって解消さるべくもない。いかにして生体解剖というような異常なオペラチオーンが現実に執行されるにいたったか、これは軍事裁判の判決の当否、さかのぼっては戦争裁判そのものの是非とは一応別個に、私どもの探求心をそそらずにおかぬ問題である。平光吾一によれば、捕虜となった米軍飛行士の一部を生体解剖に処すという提案をしたのは、西部軍司令部の佐藤吉直参謀大佐だったが、その発案を直接に依嘱されたのは、病院詰見習軍医の小森卓という人物だった、という。なぜ佐藤大佐が小森軍医に生体解剖のことを依嘱したかといえば、以前小森軍医が佐藤大佐に進言して、処刑すべき捕虜を生きながらに解剖したら、死体解剖だけでは解きがたい生命現象の謎もとけ、それによって戦争医学は多大の進歩をみるだろう、といったことがあるからだ、という。しかし、小森軍医はすでに昭和二十年六月に爆死していて、その信憑性《しんぴょうせい》は法廷で実証さるべくもなかった。事実問題として、佐藤大佐の提案を伝えられた小森軍医は、ことの重大にいまさら驚きながら、最初は一外科病院長に手術を依頼して断わられ、ついに佐藤参謀からの命令と称して、九大第一外科部長に軍陣医学の実験に捕虜を使用することを伝達した、という。陸軍嘱託として軍と密接な関係にあった石山教授は、小森軍医の言葉を頭から西部軍の至上命令として疑わなかった、という。いや、単に至上命令として疑わなかっただけでなく、そのことに石山教授は自己の位置と実力を誇るところさえあったかもしれぬ、と平光は書いている。ここに問題がある。

石山教授は生体解剖という軍の命令を、その非人間性のゆえに、拒めば拒めなかったはずはない。現に、町の外科病院長はこれを拒絶している。平光によれば、石山教授は胆石の研究家として知られており、むずかしい手術はすべて自分で執刀するので、ワンマンとか横暴とかいう風評も教授間にあったらしい。裁判中に自裁して果てたところからみても、いわば古武士的な剛毅《ごうき》と果断をそなえた意志のつよい人だったかもしれぬ。しかも、戦争はすでに末期状態を呈して、空襲による被害や敵上陸の噂などは、福岡市民全体を生死の観念もさだかならぬ一種の麻痺《まひ》状態に陥いれていたかもしれない。たしかにそれは平常時では思い及ばぬ異常な状況を背景にした事件だった。しかし、どんなに異常な状況においてであろうと、また、いかに軍が至上的な権力をふるっていようと、また、自然科学者としていかに功名心にもえていようと、生体解剖というような残酷な手術の人道上許さるべからざることは明らかである。だが、平光吾一の手記をみても、それがいかに非人間的なふるまいだったかの罪責意識は、全体として稀薄《きはく》である。むしろ、勝てば官軍式の軍事裁判そのものの在りかたや裁判中の拷問によるフレームアップなどに対する疑問や不満の気持がおおいがたいのである。

ここに遠藤周作の『海と毒薬』という長篇が書かれねばならなかったひとつのモティー

フがある。異常な状況における異常な事件だったとはいえ、もし人命尊重はなにものにも優先するという観念がもっと一般化していたら、生体解剖というまがまがしい事件もおこらなかったかもしれぬ、そこに日本人全体の罪責意識にかかわるひとつの問題があるのではないか、と作者は考えたようである。したがって、作者は生体解剖事件という実際のできごとを背景としながら、できるだけ作品自体を現実の事件とはちがった次元のもとにつくりあげたのである。主人公と副主人公格の勝呂と戸田は、ついにそれに吻合《ふんごう》する実在のモデルを発見しがたいだろうし、橋本主任教授をめぐる医学部長の後任争いやそのための手術の失敗なども事実無根のものだったにちがいない。それらはすべて生体解剖という異常な事件を内面化し、平常化するための作者による虚構にほかなるまい。つまり、作者は異常な状況における異常な事件を、できるだけ医局内の派閥争いとか恋愛とか人間性格とかの平常な次元に還元しようと努め、そのことによって、日本人の罪責意識そのものを根元的に問おうとしたのである。

「おばはんは柴田助教授の実験台やし、田部夫人はおやじの出世の手段《アスプロ》や」が、はたしてそれでいいのか、と問うヒューマニスティックな勝呂研究生を、作者が主人公格の人物にすえたのも、そのためである。その勝呂に対蹠《たいしょ》すべき人物として、良心の麻痺をほとんど自己肯定するような戸田研究生をえらびながら、その戸田をして、「神というものはあるのかなあ」と呟《つぶ》やかせているのも、またそのせいである。ヒルダというドイツ女に反撥《はんぱつ》させる上田という看護婦の虚無的な性格を仮構したのも、またそのためである。全体として、作者は罰は恐れながら罪を恐れない日本人の習性がどこに由来しているか、を問いただすために、生体解剖という異常な事件を、ひとつの枠組みに利用した形跡がある。ここに事実とはまるで異なるこの長篇の独創性と特異性がある。

しかし、生体解剖というような事件は、ベネディクトのいわゆる恥の意識だけあって、罪の意識のない日本人に固有のものか、といえば、そんなことはない。ヒトラー治下におけるドイツ人のかずかずの残虐事件は、すでに『夜と霧』以来私たちにも親しい。最近は石井仁の『類人獣』という作品も、ドイツにおける生体解剖の一端にふれていた。異常な状況にあっては、人間は平気（？）で異常な事件に身をゆだねるものらしい。しかし、異常時における異常事件の限界をみきわめるためにも、異常のなかの平常を探求しようとしたこの作者のような制作態度は、やはり注目すべきものと思える。そこにこの長篇のまぎれもない存在理由がある。

最後に、私一個の思い出みたいなものを書きとめておけば、この作品と深沢七郎の『笛吹川』との評価をめぐって、私は花田清輝と完全に対立した。いま思い返しても、対立は対立として、不愉快な回想をともなわないのは、やはり『海と毒薬』という作柄の一徳ではないか、と思っている。

『海と毒薬』は出版後、毎日出版文化賞と新潮社文学賞とを授賞された。ひとつの作品にふたつの賞が授賞されるということも異例である。これも作品自体の一徳だろう。

海《うみ》と毒《どく》薬《やく》

遠藤周作《えんどうしゅうさく》

昭和35年 7月30日　初版発行
平成16年 6月25日　改版初版発行
令和6年 12月10日　改版29版発行

発行者●山下直久

発行●株式会社KADOKAWA
〒102-8177　東京都千代田区富士見2-13-3
電話　0570-002-301（ナビダイヤル）

角川文庫 I3377

印刷所●株式会社暁印刷
製本所●本間製本株式会社

表紙画●和田三造

ISBN978-4-04-124525-5　C0193

◇◇◇

角川文庫発刊に際して

角川源義

第二次世界大戦の敗北は、軍事力の敗北であった以上に、私たちの若い文化力の敗退であった。私たちの文化が戦争に対して如何に無力であり、単なるあだ花に過ぎなかったかを、私たちは身を以て体験し痛感した。西洋近代文化の摂取にとって、明治以後八十年の歳月は決して短かすぎたとは言えない。にもかかわらず、近代文化の伝統を確立し、自由な批判と柔軟な良識に富む文化層として自らを形成することに私たちは失敗して来た。そしてこれは、各層への文化の普及滲透を任務とする出版人の責任でもあった。

一九四五年以来、私たちは再び振出しに戻り、第一歩から踏み出すことを余儀なくされた。これは大きな不幸ではあるが、反面、これまでの混沌・未熟・歪曲の中にあった我が国の文化に秩序と確たる基礎を齎らすためには絶好の機会でもある。角川書店は、このような祖国の文化的危機にあたり、微力をも顧みず再建の礎石たるべき抱負と決意とをもって出発したが、ここに創立以来の念願を果すべく角川文庫を発刊する。これまで刊行されたあらゆる全集叢書文庫類の長所と短所とを検討し、古今東西の不朽の典籍を、良心的編集のもとに、廉価に、そして書架にふさわしい美本として、多くのひとびとに提供しようとする。しかし私たちは徒らに百科全書的な知識のジレッタントを作ることを目的とせず、あくまで祖国の文化に秩序と再建への道を示し、この文庫を角川書店の栄ある事業として、今後永久に継続発展せしめ、学芸と教養との殿堂として大成せんことを期したい。多くの読書子の愛情ある忠言と支持とによって、この希望と抱負とを完遂せしめられんことを願う。

一九四九年五月三日

角川文庫ベストセラー

天の瞳 全九巻　灰谷健次郎

破天荒な行動力と自由闊達な心を持つ少年、倫太郎の成長を通して、学ぶこと、生きること、自由であることのすばらしさを描く、灰谷文学の集大成。生きることを問うライフワーク。

注文の多い料理店　宮沢賢治

二人の紳士が訪れた山奥の料理店「山猫軒」。扉を開けると、「当軒は注文の多い料理店です」の注意書きが。岩手県花巻の畑や森、その神秘のなかで育まれた九つの物語からなる童話集を、当時の挿絵付きで。

セロ弾きのゴーシュ　宮沢賢治

楽団のお荷物のセロ弾き、ゴーシュ。彼のもとに夜ごと動物たちが訪れ、楽器を弾くように促す。鼠たちはゴーシュのセロで病気が治るという。表題作の他、「オツベルと象」「グスコーブドリの伝記」等11作収録。

銀河鉄道の夜　宮沢賢治

漁に出たまま不在がちの父と病がちな母を持つジョバンニは、暮らしを支えるため、学校が終わると働きに出ていた。そんな彼にカムパネルラだけが優しかった。ある夜二人は、銀河鉄道に乗り幻想の旅に出た——。

不道徳教育講座　三島由紀夫

大いにウソをつくべし、弱い者をいじめるべし、痴漢を歓迎すべし等々、世の良識家たちの度肝を抜く不道徳のススメ。西鶴の『本朝二十不孝』に倣い、逆説的レトリックで展開するエッセイ集、現代倫理のパロディ。